KB234334

고블린 슬레이어 외전2
악명의 태도
다이 카타나
DAIKATANA
The Singing Death
下
© lack

ⓒ lack
기도하며 놀아보

거라, 모험가여!

붉은 칼날은 죽음의 낙인이다.
당신도, 그녀도, 종누이도, 동료도, 모두 죽는다.
예외는 없다.
그 누구도.
《죽음》에서 도망칠 수는 없다.

"유감, 유감이야…… 유감이지만, 너의 모험은 여기서 끝이다."
© lack

CONTENTS

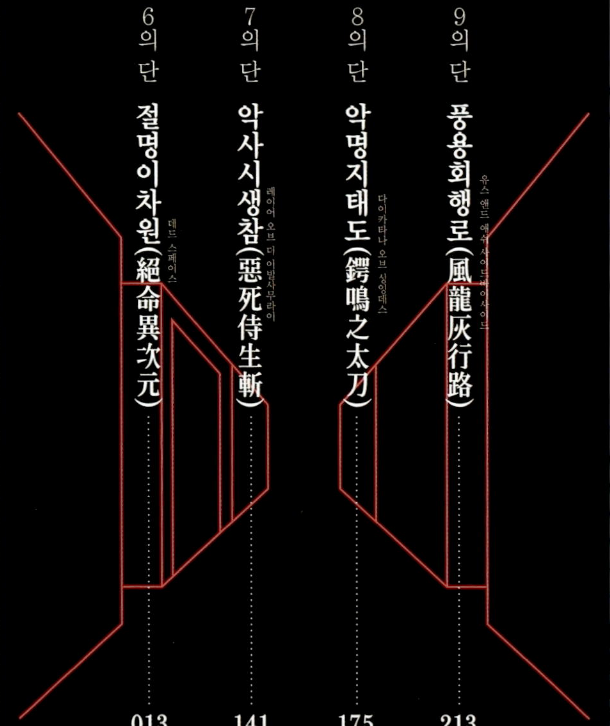

DAIKATANA

The Singing Death

고블린 슬레이어 외전2

악명의 태도

저자 **카규 쿠모**
일러스트 lack

DAIKATANA

The Singing Death

Character 인물 소개

당신

G-SAM
HUMAN MALE

사방세계의 북방에 있는, 《죽음의 미궁》의 입구에 생긴 성채도시. 그곳에 이제 막 도착한 흄 모험가. 만도(蠻刀)의 술리를 갈고 닦은 전사.

여전사

N-FIG
HUMAN FEMALE

당신들이 성채도시에서 만난 소녀. 이미 미궁에 들어간 적이 있는 『경험자』. 창을 다루는 흄 전사.

여주교

G-BIS
HUMAN FEMALE

당신들이 성채도시의 주점에서 만난 소녀. 과거의 모험에서 눈에 상처를 입었다. 지고신의 권능으로 『감정』을 할 수 있다.

DAIKATANA | The Singing Death

종누이

G-MAG
HUMAN FEMALE

당신과 함께 성채도시로 찾아온, 당신의
종누이. 마음씨 착한 기질이며 누나
행세를 하지만, 좀 빠진 구석도 있다.
후열에서 지휘를 맡는 흄 마술사.

하프 엘프 척후

N-THI
HALF ELF MALE

성채도시로 오는 도중에 당신들이 만
난 모험가. 눈썰미가 좋고, 자리를 수습
하는 것을 잘한다. 파티의 척후를 담당
한다.

미르미돈 승려

G-PRI
MYRMIDON MALE

당신들이 성채도시에서 만난 모험가.
미궁의 「경험자」로서, 당신들의 참모 역
할을 담당한다.
교역신을 섬기는 미르미돈 승려.

―시작이 무엇이었는지, 이미 아는 자는 없다.

가여운 농부가 주춧돌을 파낸 것인지. 어리석은 아이가 사당의 봉인을 깬 것인지. 하늘의 화석(火石)인지.

어쨌든지 《죽음》이 온 대륙에 흘러넘친 것은, 그리 멀지 않은 어느 날의 일이었다.

병은 바람을 타고 걸으며, 사람을 삼키고, 망자가 일어서고, 나무들은 말라 죽고, 공기가 응어리지고, 물은 썩었다.

그 시절의 왕이 포고를 내렸다. 『《죽음》의 근원을 찾아내, 이것을 봉하라』.

온 대륙의 용사들이 일어났다. 그리고 그들은 차례차례 《죽음》에 먹혀 주검이 되었다.

그런 가운데, 어느 파티의 말만 남았다.

『북쪽 끝자락에, 《죽음》의 입구가 있다.』

누가 그것을 찾아냈는지, 이미 아는 자는 없다. 그 모험가도 《죽음》 앞에 사라졌다.

《죽음의 미궁》.

사신의 입 그 자체인 나락의 구덩이로 사람들이 모이고, 어느샌가 성채도시가 생겼다.

모험가들은 성채도시에서 동료를 모아, 미궁에 도전하고, 싸우고, 재화를 얻고, 때로는 죽었다.

그런 빛나는 나날이, 언제까지나, 언제까지나, 언제까지나, 반복됐다.

무한히 끓어오르는 부와 괴물, 영구하게 이어지는 습격과 약탈.

생명이 양수처럼 쏟아지고, 모험가들은 꿈에 빠져서, 어느샌가 눈동자에서 정열이 사라졌다.

그 뒤에 남은 것은 《죽음》과 마주보며, 잔불처럼 희미하게 타들어가는 재와도 같은 모험의 나날—.

6의 단 절명이차원(絕命異次元)

검은 옷의 남자는 연기처럼 암흑 너머로 도망치고, 당신들은 그 뒤를 추적했다.

그런 식으로 이야기할 수 있었다면, 얼마나 좋았을 것인가?

지하의 묘실에 남겨진 당신들은, 기가 꺾이고, 참패한, 패잔병에 지나지 않았다.

한 명도 남김없이 좌절하고 있었다. 누구 한 사람, 입을 열려고 하지 않았다.

희미하게 들리는 흐느끼는 울음은, 여주교일까? 아니면 여전사의 오열일까?

사투를 헤쳐 나왔다. 승리해서 살아남았다. 당신들은 시련을 넘어, 그 앞으로 나아갈 자격을 얻었다.

눈앞에 쩍하고 입을 벌린, 암흑의 심연.

마력과 살육의 미궁계가, 당신들을 유혹한다.

그러나— 어찌 그 앞으로 나아가랴.

그 앞에 무엇이 기다리고 있는가는 명백했다.

그 검은 옷의 남자가 아니다. 그 배후에 숨어있는 것.

—《죽음》.

묘실에는, 아직도 뭉게뭉게 재가 흩날리고 있었다.

과거에 사람이었던 재. 모험가였던 재. 불타버린 재다.

그것을 들이쉬고, 내뱉는다. 호흡마저 역겹게 느껴진다. 그러나, 하지 않으면 여기서 끝난다.

그렇기에, 그 누구도 움직이려 하지 않았다— 움직이고자 생각할 수 없었으리라.

당신은 우두커니 서서 신음하듯 기를 내뱉고, 아직도 만도를 움켜쥔 자신을 깨달았다.

손가락이 돌처럼 경직되어, 부들부들 떨고 있었다. 힘이 들어가, 자신의 의지로 풀 수가 없다.

반복해서, 세 차례. 당신은 의식적으로 깊이 숨을 들이쉬고, 내쉬고, 그리고서야 손가락의 힘을 풀었다.

피를 떨쳐내고 —칼날은 아무것도 베지 않은 것처럼 하얗다— 칼집으로 넣었다.

그리고 나서야, 당신은 「가자」라고 모두에게 말할 수 있었다.

"간, 다고—?"

말의 의미를 모르겠다. 그런 식으로 말을 흘린 것은, 여전사였다.

당신은 수긍했다. 가야만 한다. 여기에 머물러 있어도 의미가 없다. 위로 돌아가서 태세를 바로잡는다.

앞으로 나아가야 하는 이상, 그것이야말로 지금 무엇보다도 해야 할 일이었다.

"……."

그러나 평소에는 제일 먼저 대답했을 당신의 종누이에게서 반응이 없다.

당신의 종누이는 암흑의 심연을 노려보듯, 날카로운 눈으로 보고 있었다. 가녀린 손가락 끝이 입가로 뻗었다.

"《퓨전 블래스트》가 안 통했어? 불완전해서? 미궁의 주인? 있을 수 없어. 하지만―."

엄지손가락의 손톱을 깨물며 중얼중얼 말하는 그녀는, 진리에 도전하고자 하는 마술사의 표정이었다.

그것은 숙달된 파티에서, 자신이 술법을 파훼하지 않으면 모두가 죽는 것을 이해하고 있는 주문술사의 표정이다.

그러나 그것도 한순간에 사라졌다.

종누이는 당신의 시선을 깨닫더니, **육촌**의 표정을 쓰고 활짝 미소를 지었다.

"그렇네요!"

그리고 당신이 기대한 끝없이 밝은 목소리가, 휑하니 조용해진 묘실에 울려 퍼졌다.

파티를 짓누르는 미궁의 독기를 홀로 떨쳐내듯, 그녀는 팔을 치켜들었다.

"앞으로 나아가는 길은, 발견했으니까요. 웅크리고 있을 수는, 없어요!"

"……네."

여주교는 안대 안쪽으로 살며시 손가락을 넣어, 눈가를 비비고 일어섰다.

그 재투성이 팔이, 단단히, 벗이 남긴 파란 장식끈을 안고 있었다.

천칭검을 움켜쥐고, 그녀는 결단적으로 고개를 끄덕였다.

"어찌되었든, 저것을 토벌해야 합니다. 만전의 상태로 도전하지 않으면, 승기는 보이지 않겠지요."

그녀의 목소리는 떨리고 있기는 했지만, 그러나 힘찬 것이었다. 당신이 눈을 홉뜰 정도로.

"그라믄."

하프 엘프^{반 숲 종족} 척후가, 헤실 웃었다.

"우선 군자금인기라."

짚이는 곳이 있나? 당신이 굳이 말을 걸자 「글쿠만」 하고 척후가 머리를 긁적였다.

"일단 보물상자만 뒤져보게. 쪼매 기다려 줄 수 있나?"

"……나는."

타각. 턱이 울렸다.

"어느 쪽이든 상관 없다."

딱 잘라 말하는 미르미돈^{벌레 종족} 승려에게, 하프 엘프 척후는 「엄하대이」 하고 헤실헤실 웃었다.

다들, 바람 빠진 풍선을 억지로 부풀리는 꼴이었다.

그러나, 그래도 고마운 일이다.

여주교와 미르미돈 승려가 머리를 모아 지도를 들여다보고, 돌아 갈 길의 여정을 확인한다.

보물상자를 개봉하러 가는 척후의 곁으로, 종누이가 터덜터덜 다 가가 「도울게요!」라고 소리를 높였다.

다들, 제각각의 할 일로 벅찬 것 같았다.

그래서 당신은, 주저앉아 웅크리고 있는 여전사 곁으로 다가갔다.

"……윽."

여전사는 당신의 발소리 하나에 어깨를 떨고, 그 몸을 움츠렸다.

손에 든 창은 부러지고, 부서져 있었다. 이미 다시는 무구로서 휘두를 수 없으리라.

그러나 그래도 여전사는, 부러진 창의 자루를 움켜쥐고 놓지 않았다.

여주교처럼, 잃은 것을 떠올리며 품에 끌어안고 있는 것이 아니리라.

단 하나 남은 지주를 놓으면, 자신이 사라져 버리니까. 여전사는 창을 끌어안고 있는 것이다.

그런 소녀에게, 당신이 무슨 말을 할 수 있으랴?

당신이 할 수 있는 일은, 그저 묵묵히 평소처럼 그 옆에 머무르는 것 정도였다.

다들 재를 헤치며 움직이는 소리에 뒤섞여, 소녀가 오열하는 소리만 희미하게 귀에 닿았다.

미궁 안에서는, 시간 감각이 애매해진다.

그 사투에서 얼마나 시간이 흘렀을까? 하루, 몇 시간, 혹은 아직 몇 분일까?

당신은 참을성 있게 기다렸다—. 문득 당신의 다리에, 약간의 가벼움과 온기가 닿았다.

여전사가, 비비는 것처럼 머리를 기댄 것이다.

"언니들."

그렇게, 그녀는 말을 흘렸다.

"……다들, 죽어버렸어."

조용히 떨어진 그 중얼거림이 바로, 그녀를 여기까지 걷도록 했던 의지의 근원이었을 것이다.

《죽음》의 밑바닥에야말로 삶이 있다고 믿었다. 그러나, 그렇지 않았다. 그저 그것뿐인 일이다.

그러나— 그것은. 이제 괜찮지 않을까? 그리 생각하게 만들기에 충분한 것이었다.

아무리 지쳐 있어도, 목표가 있다면 느릿느릿하게라도 걸어갈 수 있다.

그러나 도착해버린다면, 거기서부터 어떻게 다리를 움직이면 된단 말일까?

하물며 모든 것을 쥐어짜냈는데도— 그곳에 아무것도 없었다면.

산 너머에 행복이 있다고, 계속 믿을 수 있는 자만 있는 것이 아니다.

—그러나.

그래도, 행복 따위 있을 리 없다고 약삭빠른 말을 하는 자보다는 낫지 않을까 당신은 생각했다.

확인하고자, 일어서서, 걸어가, 여기까지 왔다.

지하 1층부터 5층까지, 《죽음의 미궁》 심장부에, 누구보다도 먼저 발을 들였다.

그것은, 약삭빠르게 지표에서 살육과 약탈에 빠져있는 자들은 결코 할 수 없는 일이었다.

모험가이기에, 할 수 있는 일이다.

당신은 가족을, 벗을, 단번에 잃은 소녀에게 해줄 말이 없었다.

그러나 모두 구하고자, 필사적으로 이를 악물고 걸어온 소녀에게 해줄 말은 있다.

당신은 장갑을 낀 손을 뻗어, 여전사의 머리를, 눈을 만지듯 살며시 조용하게 쓰다듬었다.

위로 따위는 결코 아니다. 잘했다고, 그렇게 칭찬하기 위해서다.

"……으, 크, 우, 우……윽."

훌쩍거리며, 딸꾹질을 하고, 울먹이는 소리가, 억누르고자 할수록 흘러 넘친다.

당신은 그저, 묘실의 어두움에 번지는 그녀의 검은 머리칼을 계속 쓰다듬었다.

딱히, 별일도 아니었다.

당신이 죽어갈 때. 혹은 당신 안에서 타오르는 등불이 사라져갈 때.

따져보면, 애당초 이 미궁에 도전하고자 정한 그때부터.

이 아가씨가 당신 곁에 있었고, 함께 걸어오지 않았던가? 모두와 함께, 나란히 서서.

그렇다. 당신만 그런 것도 아니다.

당신이 모르는 곳에서 여주교도 종누이도, 미르미돈 승려나 하프 엘프 척후도, 그녀에게 도움을 받았다.

그렇다면— 일어서기까지 기다리는 것이, 대체 무엇이 고통이란 말인가?

얼마 지나서.

흐느끼는 소리가 끊어지고. 희미하게 콧물을 들이키는 소리로 변하자, 당신은 때가 되었다고 보았다.

위까지 갈 수 있겠나? 조용히 물었다.

돌아가는 것이 아니다. 미궁 안쪽에 도전하든, 그만두든, 앞으로 나아가기 위해 가는 것이다.

여전사가, 멍하니 당신을 올려다 보았다.

그녀의 눈동자는 젖어있고 투명한 호수처럼 맑으며, 깊고, 빨려 들어갈 만큼 어두웠다.

"……응."

울다 지친 어린 소녀가 그러는 것 같은 목소리였다. 가녀리고 섬세한 손이 뻗어, 당신의 손에 닿았다.

손가락을 얽으며 쥐어 오는 그 손을 마주 쥐고, 살며시 위로 끌어올렸다.

여전사는 기지개를 켜는 것처럼 느릿한 움직임으로 일어섰다. 강철 신발^{사바톤}의 굽이 울렸다.

"내 창, 부러져 버렸으니까. —위에 갈 때까지, 의지해도 되지?"

고양이 같은 미소와, 방울이 울리는 것 같은 웃음 소리. 어깨를 두드리고, 스르륵 그녀는 몸을 돌렸다.

여전사의 등을 향해 당신은 고개를 끄덕이고, 맡겨두라고 수긍했다.

슬라임^{점균}도, 고블린도, 강도^{부쉬워커}도, 나올 거면 나와봐라. 올 거면 와봐라.

—남김없이, 베어버리겠다.

§

쏴아. 바람이 부는 것과 동시에, 나라가 타오르는 냄새가 났다.

밤일 텐데— 밝다. 성채도시가 불야성이라서가, 아니다.

하늘 너머가, 황황하게 타오르고 있었다. 쌍둥이 달과 별의 빛을 검붉게 덧칠하며, 연기를 피워 올리며.

도시 변두리의 미궁이기에 더욱 잘 보였다.

성채 너머에서, 검디검은 강이, 하염없이 어디까지나 멀리서부터 도시로 뻗고 있었다.

꿈틀거리며 성채도시로 흘러 들어오는 그것은, 민초였으며 낙오한 병사들이었다.

패배하여, 무너져내린 육각 바닥에서 어떻게든 살아남아, 활로를 찾아 북쪽 끝자락으로 기어들어온다.

끝의 기운이었다. 불티조차 없는, 완전히 식은 재의 맛이 났다.

사방세계가, 그을려 있었다.

"……이, 무슨 일이고?"

멍하니 소리를 낸 것은, 하프 엘프 척후였다.

능글맞은 표정을 꾸미지도 않고, 그는 한쪽 부모에서 유래된 날카로운 눈을 먼 곳으로 향하며 낮게 신음했다.

"전쟁이라도 시작된…… 걸까요?"

여주교가 살짝 고개를 들어, 코를 벌름거렸다.

어조는 더듬거리고, 말꼬리는 조금 줄어들고 있었다.

그러나 그것은 두려움이 아니라, 적의 정체를 알기 위해 방심하지 않는 주의 깊음이었다.

그토록 가혹한 경험을 한 다음인데도, 여주교의 표정은 늠름한 긴장을 띠고 있었다.

공기에 가득한 농밀한 《죽음》의 기운은, 시야가 막혀있는 그녀야말로 강하게 느끼고 있으리라.

"시작됐다면, 옛날부터겠지."

그리고 그런 의미에서, 턱을 울린 미르미돈 승려도 마찬가지였다.

그는 이마의 촉각을 흔든 다음, 어리석고 얼빠진 흄(인간)을 내치는 것 같은 말투로 말했다.

"여기가 최전선이었다. 이놈이고 저놈이고, 아무래도 좋다는 낯짝이었다마는."

평소라면 여기서 경계를 하고 있을 근위기사의 모습도, 없다.

익숙한 여성이 아니란 것이 아니라, 정말로, 누구 한 명도 가까운 곳에 병사가 없었다.

그것을 조심성 없다고 단정할 생각은, 당신에겐 없었다.

단순하게, **그럴 상황이 아닌** 것이리라.

—《죽음의 미궁》보다도 우선해야 할 일이 이제 와서 있으리라는 건, 도저히 생각하기 어려운 사실이었지만.

"서둘러요."

당신에게 눈길도 주지 않고 종누이가 말했다.

"사람들에게 물어보려면, 우선 주점이죠!"

좋았어. 당신은 가볍게 여전사의 등을 두드리고, 바람처럼 달리기 시작했다.

피로에 찌들어 있었다. 진흙처럼 잠들고 싶다고도 생각했다. 그러나 눈이 떠지고, 머리는 으르렁대고 있었다.

당신보다 늦게, 그러나 당신보다 앞서서 하프 엘프 척후가 달리고, 미르미돈 승려가 그것을 따랐다.

등뒤에서, 여주교가 「가요」라고 말하자, 여전사가 「응」라고 수긍하는 것이 들렸다.

그리고 발소리가 세 사람 분량. 그러면 괜찮다. 종누이도 붙어있다면, 괜찮다.

그렇지 않은 것은, 도시 쪽이었다.

"이, 죄다 도망쳐 온 사람들이가……!"

하프 엘프 척후가 신음하는 것도 무리가 아니다.

그곳은, **평범한 도시**였다.

성채도시는 모험가의 도시다. 큰 길을 제집 안방처럼 활보하는 것은 모험가였다.

그러나 지금은 그 모습이 없다. 도시를 메우는 것은, 볼품없는 차림새의 군중이었다.

신기하게도, 커다란 짐을 끌어안은 자는 없었다. 완전히 지쳐있어도, 조바심 내는 자 또한 없었다.

그것이 모든 것을 내던지고 맨몸으로, 맨 먼저 도망쳐온 영리한 사람이란 것을 깨달았다.

그래서 그들은 맨 먼저 성채도시에 들어올 수 있었다. 그렇지 않은 자는, 저 검은 강의 근원에 있으니.

그리고 거기서부터 《죽음》이, 서서히 흐름을 뒤덮으면서 밀려들어올 것이다.

—기묘한 일이군.

당신은 무심코, 입가가 느슨해지는 것을 깨달았다.

《죽음》의 근원은 저 지하미궁인데, 이 성채도시가 《죽음》에 가라앉는 것은 가장 마지막이라니.

당신은 『황금의 기사』 주점의 문을 열고, 평소랑 전혀 다른 소란스러움이 감싸고 있는 주점으로 들어섰다.

"도와줘! 마을에 마신이 숨어 있었어! 아이로 둔갑해서…… 모두 살해당했어!!"

"용이다! 용이 왔어! 하늘이 불탄다! 요새가, 한 순간에 무너졌어……!"

"고블린이 마을을 습격해와서 큰일났어……! 누가, 좀 도와다오!"

"바보 자식, 그런 건 나중이다! 망자 놈들이 밀려 들어온다. 요격할 수 있는 녀석은 도와라!!"

"다들 돌아왔어…… 살해당했는데…… 비틀비틀, 일어서서…… 다들, 다들……."

소란을 피우는 자, 겁을 먹은 자, 매달리는 자, 저항하는 자, 웅크리고 웅얼웅얼 중얼거리는 자.

『황금의 기사』 주점 또한, 이미 모험가가 만남과 이별을 바라는 자리가 아니게 되었다.

모두가 자신의 곤궁을 호소하고, 한탄하고, 울부짖고 있었다.

딱히— 그렇다, 딱히. 구원을 바라는 것은 아니리라.

다만, 누군가에게…… 상대가 들어주지 않아도 상관없다. 마음을 쏟아낸다.

어쨌거나, 이 성채도시에 모험가 길드는 없다. 인식표는 아무 도움이 안 되는 것이다.

모험가에게 무언가 호소하고 싶다면, 주점으로 몰려오는 것밖에 방법이 없다.

그리고 성채도시의 모험가들은 그 대부분이, 이 소란스러움에 지독하게 민폐란 표정을 짓고 있었다.

당신은 재의 기운을 느끼면서, 익숙한 여급에게 말을 걸었다.

“아아, 죄송해요……가 아니라, 돌아오셨네요!”

바쁘게 돌아다니던 여급이, 장식인지 진짜인지 토끼 귀를 쫑긋 흔들면서 멈춰 섰다.

무사해서 다행입니다란 인사도 대충 하고서, 그녀는 미안한 표정을 지었다.

“보시는 것처럼— 자리도 다 차지해버렸어요.”

듣고 보니, 당신들 파티가 정위치로 삼는 원탁은 이미 피난민들에게 빼앗기고 있었다.

그러나, 뭐. 이쪽으로서도 이래서는 정보수집은커녕, 휴식마저도 제대로 못하리라.

서둘러서 뭔가 마실 것과 먹을 것을 사람 수만큼 포장해줄 수 없겠나? 당신은 금화를 던졌다.

“네에, 잠시만요!”

토끼 귀의 여급은 금화를 가슴골 사이에 넣고, 허둥지둥 안쪽으로 달려갔다.

“……이건, 보통 일이 아니겠어요.”

조용히 중얼거린 것은, 주점에 갈 것을 제안한 종누이였다.

당신은 그렇군, 하고 짧게 응답했다.

―아니.

미르미돈 승려의 말을 빌리자면, 진작 옛날부터 보통 일이 아니었던 것이다.

세계의 멸망은 훨씬 전부터 시작됐고, 자신들은 그것과 맞서고 있지 않았던가?

《죽음》이 밀려드는 것을, 수많은 사람들이 지금 드디어 깨달았을 뿐이다.

"이제부터, 어떻게 할까요?"

종누이의 물음. 희한한 일도 있는 법이다. 망설이는 것도 아니겠지만.

당신은 일단, 하고 답했다.

"일단?"

숙소에 돌아가서, 쉬자.

당신은 딱 잘라 말했다. 상황은 명백하며, 무엇을 해야 할지는 빤히 알고 있었다.

미궁에서 사투를 펼치고, 철수한 것이다. 휴식하고, 수확을 감정하고, 행동은 그 다음이다.

당신의 망설임 없는 말에, 종누이는 눈을 찬찬히 깜박인 다음 긴장이 돌던 표정을 살짝 풀었다.

"네, 그렇네요!"

활짝 꽃이 피는 것 같은 미소에, 당신은 숨을 내쉬었다. **육촌**은, 그러는 편이 좋다.

당신은 돌아온 여급에게 저녁 식사를 받아, 모두를 재촉하여 주점 밖으로 나왔다.

제각각 서로 다른 말을 나누고 있지만, 그것이 무언가를 꾸며내기 위한 것은 당연한 일이리라.

그리고 그동안에도, 여전사가 한 마디도 입을 열지 않고 애매한 맞장구만 치는 것도, 당연한 일이다.

당신은 피난민으로 가득한 성채도시 안을 걸으며, 하늘을 올려다보았다.

도시도 하늘도 밝고, 별은커녕 저 너머의 산에서 피어 오르는 연기마저도 안 보인다.

―뭐.

그렇다. 당황할 일은 아니다. 이제 와서 허둥거려봐야, 어떻게 되지도 않으리라.

끝의 시작. 그저 그뿐이다.
―드디어, 대단원^{클라이막스 페이즈}이다.

§

설령 나아가는 칸의 상태가 어떻든, 반상에 태양은 떠오르는 법이다.

흐릿하게 파란 하늘 아래, 내리쬐는 하얀 빛을 받으며, 당신은 지푸라기 더미에서 몸을 일으켰다.

다행히 마구간과 간이침대가 꽉 차 있는 일은 없었다― 주사위 눈이 좋았으리라.

같은 때에 집을 잃고 숙소를 빼앗겨, 길가에서 잠들어야 하는 자도 많다는 것을 생각하면…….

―기묘한 일이군.

당신은 혼잣말을 하고, 지푸라기가 묻은 턱을 더듬었다.

자신이 득을 봤다거나, 잘했다거나, 타인의 그것을 빼앗았다, 라는 것은 아니리라.

제각각 할 수 있는 일을 ―게으른 자가 있었다고 해도― 다 하고서, 명암을 가르는 것은 무엇일까?

숙명이라고도 우연이라고도 할 수 없는 그것은, 이러한 사소한 면에서도 주사위 눈에 따르는 법이다.

설령 내일 어떻게 될지 알 수 없더라도, 주사위 눈이 좋은 것을 매도하는 일만큼은 하지 않으리라.

그런 법이라 생각하며 당신은 일어섰다. 지푸라기 더미에서 잠든 동료들에게 말을 걸어, 아침이라고 알린다.

"……뭐고오……. 벌써 아침이가……."

"잠은 잘 잤나……."

일어나는 동료들은, 잠을 설친 모양이다.

미궁 안에서 치른 전투 탓인지, 아니면 성채도시의 이 곤궁 탓인지.

어느 쪽이든 두 사람은 당신이 평소와 다름없는 모습인 것을 보고 놀란 기색이었다.

당신은 일단 몸가짐을 정돈하고, 두 사람을 재촉하듯 말을 걸었다.

도시가 저 꼴이면 주점에서 제대로 식사를 못할 것이고, 그밖에 부탁하고 싶은 일도 있다.

여성진이 나서기 전에, 여관에서 파티 모두 합류하고 싶었다.

평소처럼 당신은 훌쩍 위를 올려다 보았다. 숙소의 위층, 간이침대가 있는 방의 창.

밤마다 그곳에서 이쪽을 내려다보며 미소를 짓던 그 소녀의 모습은, 그곳에 없었다.

대신하여, 그곳에는 울적한 기색으로 창밖에 눈길을 보내는 금발 아가씨의 가녀린 얼굴이 있었다.

당신은 몸짓 손짓을 한 다음에 쓴웃음을 짓고, 어이하고 머리 위의 그녀에게 말을 걸었다.

곧장 여주교는 허둥지둥 당황하며 창을 열더니, 위태로움 없이 그 가녀린 몸을 내밀었다.

“무, 무슨 일이신가요……?!”

일단 숙소의 입구에 집합하여, 앞일을 의논하고 싶다. 당신은 간결하게 용건을 말했다.

그리고 그때, 일단 짐을 모두 가져오라고 덧붙였다.

“알겠습니다!”

여주교가 대답하고, 그녀의 얼굴이 창 안으로 들어갔다.

이거면 됐다. 여전사가 마음에 걸리지만, 여주교와 종누이에게 맡겨두면 괜찮을 것이다.

“의논, 이가…….”

당신이 그런 대화를 척척 끝내는 것을, 척후가 졸음이 남은 눈으로 보고 있었다.

아니, 뜻밖에 그런 모습을 꾸미고 있을 뿐일지도 모른다. 그런 녀석이라고, 당신은 이해하고 있었다.

제법 오래— 시간을 따지면 그리 오랜 것도 아니지만, 당신은 제법 오래 함께했다고 생각했다.

　그도, 옷에서 지푸라기를 떼어내고 있는 미르미돈 승려도, 여주교도, 여전사도. 종누이는 말할 것도 없다.

　"……대장, 뭐 생각하는 기라도 있나?"

　그래서 하프 엘프 척후가 물어보자, 당신은 껄껄 웃었다. 바보 같은 것을 물어보지 마라.

　—생각 따위 없으니까, 다 같이 의논하는 것 아닌가?

§

　어젯밤 주점에서 마련해준 식사를 가지고, 당신들은 숙소의 로비 구석에서 배를 채웠다.

　도시의 소란스런 분위기는 여관에도 밀려들어서, 어쩐지 찌릿찌릿한 살기를 띠는 것 같았다.

　현관에서 밀려들어온 난민들과, 그것을 막아서는 직원의 대화가 울려 퍼졌다.

　"어이, 왜 우리는 묵을 수가 없는 거야! 여기 말고 갈 곳이 없단 말이다!"

　"죄송합니다. 개방된 간이침대는, 이미 만실이 되었습니다……."

　"그러면 다른 방을 쓰게 해줘! 방이 이렇게 잔뜩 있잖아!"

　"죄송합니다. 일반객실 이상은 개방할 수가 없습니다. 마구간이라면—."

　"우리를 버리겠다는 거냐!! 가축이랑 같이 자라고? 장난하냐!"

여관 직원들은 선의로 어느 정도 객실을 개방한 모양이지만, 그것도 한도가 있는 법이다.

자선의 정신이란 모든 것을 내던지는 무상의 것이 아니다.

교역신 사원의 가르침이, 지금 그야말로 여관의 질서를 지키는 방패 역할을 하고 있었다.

"……뭐, 당연한 일이지."

미르미돈 승려가 묵직하게 고개를 끄덕이고, 그 턱으로 과실을 부숴 먹으면서 말을 이었다.

"이 여관 전부를 놈들에게 넘기면, 『자비』를 베풀 수도 없게 된다."

재화는 바람처럼 돌고 도는 것. 그 근원을 막아버리면, 공기가 응어리지고 멈추게 된다.

과연. 당신은 빵에 말린 고기를 끼워서 입에 넣고, 모두를 둘러보았다.

실제로, 대화다운 대화는 없었다.

종누이는 언젠가 마련한 주문서를, 먹는 것도 잊고서 진지한 표정으로 넘기고 있었다.

여전사는 고개를 숙인 채 주섬주섬 음식을 입으로 옮기고, 여주교는 당황한 시선을 보냈다.

평소에는 입을 열 하프 엘프 척후 또한, 이쪽을 살피느라 어떤 행동을 못하는 것 같았다.

당신은 흠 하고 혼잣말을 한 다음, 여관 직원이 준비해준 우물물을 입에 머금었다.

이런 때에도 차가운 물은 맛있고, 배가 부르면 마음도 진정되는 법이었다.

　―우선은.

　당신이 입을 열자, 모두의 시선이 단숨에 박혔다.

　여전사마저 어쩐지 멍하게, 그러나 매달리는 눈으로 당신을 보고 있었다.

　물론 그렇게 대단한 말을 할 생각도 없다. 당신은 쓴웃음을 짓고, 자신의 생각을 이어서 말했다.

　우선은, 숙소의 확보가 급무다.

　"하모."

　잘 됐다는 듯, 하프 엘프 척후가 당신의 발언에 뛰어들었다.

　그는 숨을 고르는 것처럼 말하고, 대화가 정체되면 안 되는 것처럼 말을 이었다.

　"우리가 어찌어찌 움직이는 거는, 일단 안심하고 쉴 수 있는 장소가 있어서라 안 하나."

　그렇고말고. 이 거점을 잃으면, 우리는 뭘 어떻게 할 수가 없게 된다.

　"잘 곳, 쉴 곳."

　여주교가, 생각하고 생각하며 수긍했다.

　"장비 같은 것도, 그렇죠?"

　"간이침대에 던져둔대도, 이 꼴 아니가. 누가 멋대로 스리슬쩍, 가져갈 수도 있다."

　하프 엘프 척후는, 아직도 입구에서 실랑이를 하며 소란을 피우는 피난민을 보았다.

굶주린 자들이 무슨 짓을 하는가는, 지하 2층의 초심자 수렵을 생각하면 말할 것도 없었다.

여주교는 조금 어두운 표정을 지었지만, 부정하지 않고 그 머리를 끄덕 움직였다.

그녀도, 아무것도 모르는 소녀가 아니다.

당신은 일단 거점의 중요성을 호소하고서. 지금이 돈을 쓸 때라고 말했다.

그렇다면 문제는 돈 계산인데, 그것을 관리하고 있는 종누이는 책벌레가 되어 있었다.

당신이 어이하고 **육촌**을 부르자, 그녀는 퍼뜩 주문서에서 고개를 들어 눈을 깜박였다.

"어?"

어, 가 아니다. 파티의 자산, 소지금 이야기다. 어느 정도 남아 있는지 알아야 한다.

"아, 그렇네요……. 저금을 잘하고 있었으니까, 여유는 있지만."

그러고서, 종누이는 술술 파티의 장부를 읊어냈다.

그러면 결정됐군. 당신은 말했다.
—최상급 객실을 빌리지.

"에에엑?!"

당신의 말에, 종누이가 경악인지 비명인지 모를 소리를 질렀다.

"그건 꽤, 돈이 들거든요? 그렇게 며칠이나 계속은—."

상관없다. 어차피 그리 오래 머물 일도 없다.

어떻지? 당신이 말을 건 것은, 입 다물고 팔짱을 끼고 있는 미르미돈 승려였다.

"……나는 어느 쪽이든 상관없다만."

그는 묵직하게 말하더니, 말을 구분하듯 그 턱을 울렸다.

"네가 그런 방침이라면, 그렇게 하지."

"저, 저도 그래요……!"

황급히 여주교가 목소리를 높이고, 척후도「침대가 너무 부드러워
가 외려 나이 묵겠다」라며 반쯤 웃었다.

이 상황이다. 최상급 객실이라는 안전한 거점에는, 무엇보다도 돈
을 낼만한 가치가 있다.

덧붙여, 무엇을 하든 돈은 필요한 법이다. 여관에 대한 지원도 되
리라.

─좋다.

당신은 수속 같은 것을 종누이에게 맡기기로 하고, 다음으로 다른
면면에게 지시를 내렸다.

그렇지만, 여관에서 대기하고 있어다오, 라는 것뿐이었다.

누가 뭐래도 거점을 잃으면 난리도 아니다. 모두에게 확보를 맡기
고, 그동안 자신은 밖으로 나선다.

이것이 제일 좋으리라고, 당신은 생각했다.

"어─."

멍하게, 초점이 안 맞는 눈동자로, 여전사가 당신을 보았다.

가버리는 거야?

그렇게 물어보는 것 같은 시선에, 당신은 수긍했다.

적어도 도시의 상황은 파악해야 할 것이고, 이제부터 어떻게 하든

장비는 갖추어야 한다.

"아……."

여전사가 고개를 숙였다. 굳이 말은 안 했지만, 그녀의 창을 떠올렸으리라.

힐끔 곁눈질로 그런 그녀의 모습을 본 척후가 「그라믄」 하고 아무 일도 없었던 것처럼 말했다.

"내가 가는 편이 안 좋나?"

아니. 당신은 고개를 옆으로 저었다. 여관에 만에 하나의 일이 있을 때, 전령으로 나설 자가 있어야 한다고 생각했다.

그러니 부탁한다고 당신이 말하자, 척후는 「어쩔 수 읎네~」 하고 응했다.

"대장도 너무 무리는 하지 마라."

그래. 당신은 수긍하고, 모두에게 짐을 맡기며 칼을 집어 일어섰다.

본래는 완전무장으로 걷고 싶었지만, 괜히 피난민을 자극해도 오히려 위험하리라.

―그렇다면.

이미 성채도시는, 미궁과 큰 차이 없는 위태로움을 품게 되었을지도 모른다.

그런 것을 생각하면서, 당신은 여관을 나섰다.

실제로 여관을 나올 때는 대개 위험한 곳에 도전할 때였으니까, 크게 마음가짐의 변화는 없는 법이었다.

그 등을 여전사의 눈동자가 따르고 있다는 것만이 평소와 다르고, 마음이 불편했다만.

§

"이 자식, 뭐 하는 거야!!"

"죄송합니다, 죄송합니다……! 어제부터 아무것도 못 먹어서……."

"배가 고프면 남의 물건을 훔쳐도 되는 거냐?!"

"용서해 주세요. 아이가 기다리고 있습니다……으."

"농담하냐! 이쪽은 목숨 걸고 번 거다, 이 자식아!!"

가여운 기색으로 울부짖는 피난민을, 걷어차 쓰러뜨리는 모험가. 아이가 소리를 지르고, 매도하는 소리가 뒤섞인다.

성채도시에 한 걸음 나서자, 온갖 곳에서 이런 소동이 펼쳐지고 있었다.

어느 쪽이 나쁜가 따지자면— 질서의 천칭은 아마도 피난민의 죄에 기울 것이다.

가여움은 타인에게서 **빼앗는** 것에 면죄를 주는 것이, 결코 아니기 때문이다.

누구나 탈옥수에게 촉대를 건네는 사제가 될 수는 없는 법이고, 되라고 명할 수도 없다.

그렇다고 탈옥수를 규탄하는 위병이 옳은 것도 아니며, 그렇지만 틀린 것도 아니다.

법과 질서는 사람에게 부여된 사람의 권리이다. 따라서 불완전하다. 애매하고 관용적이며, 신은 그것을 긍정했다.

그러나 불완전하다는 사실은, 결코 무질서하다는 것을 의미하지 않는다.

지금 성채도시를 덮치고 있는 것은 혼돈의 폭풍이며, 《죽음》의 그림자에 겁먹은 자의 공황이었다.

당신은 언제든지 만도를 뽑을 수 있도록 하면서, 앞길에 소동의 낌새를 느끼면 모서리를 돌아서 나아갔다.

피를 보는 사태가 아니라면, 지금 이 자리에서 위태로움에 발을 들일 때가 아니다.

"이 자식……! 적당히 안 할래!!"

"그쯤 해둬라!"

무엇보다 허리춤에 손을 대고, 혹은 주문을 뿜어내는 지팡이를 치켜들면 근위기사들이 개입한다.

아니, 뜻을 가진 모험가일지도 모른다. 어느 쪽이든, 무분별하게 날뛰는 자들만 있는 것이 아니다.

그들, 그녀들은 피난민에게서 시민을 지키는 것이 아니라, 모험가에게서 사람들을 지키는 움직임이었다.

그러나…… 오래 가진 않으리라.

그렇게 생각할 무렵에, 당신은 『황금의 기사』 주점에 도착하여 그 안에서 찾던 인물을 발견했다.

"음."

"야아."

번쩍이는 갑주를 두른 금강석의 기사 옆에서, 은발 소녀가 무표정하게 한 손을 들었다.

주점의 분위기는, 어젯밤과 비교하면 다소는 진정되었다—그렇게 말해도 되리라.

그것은 그 기사를 필두로, 미궁 탐색에 나서는 파티 몇 팀이 주점에 있기 때문이 틀림없으리라.

바닥에 흩어진 톱밥 ─피를 머금었다─ 을 여급이 쓸어서 치우고 있는 걸 보니…….

─피난민도, 쓰라린 교훈을 얻은 모양이군.

그렇지만 대낮인데도 주점의 분위기가 팽팽한 것은, 그것만이 원인은 아니다.

어쩐지 모르게 삼엄한 것은, 그 파티가 커다란 짐을 끌어안고 뭔가 험악한 분위기를 풍기고 있기 때문이다.

─보아하니 낙향하는 건가?

"비슷한 것이군."

당신이 농담처럼 말을 걸자, 금강석의 기사는 쓴웃음을 섞으며 대답했다.

그는 군주다운 태도로 동료들에게 뭔가 지시를 날리더니, 당신을 불러 탁자에서 멀어졌다.

은발의 척후만 훌쩍 의자에서 뛰어내려, 총총 당신들 뒤를 따랐다.

당신으로서도 고마운 일이다. 대대적으로 떠들어댈 이야기가 아니다.

"그래서, 보아하니…… 경들도 무슨 일이 있었던 듯 한데, 어떻지?"

그래. 당신은 수긍했다.

무엇보다도 가장 안 좋은 사태는, 당신들이 정보를 끌어안은 채 미궁의 어둠 속으로 사라지는 일이다.

당신은 누군가에게 얻은 정보를 전달해야 한다. 맨 먼저. 가장 신용할 수 있는, 다른 파티에게.

어중간한 파티여서는 의미가 없다. 실력이 있고, 신용할 수 있는 파티여야 한다.

인식표나 등급이 쓸모가 없는 이 성채도시에서 그 판단 기준이 되는 것은, 답파 계층뿐이다.

다시 말해서— 금강석의 기사 일행 말고는 없다.

붉은 칼날을 손에 들고 《죽음》의 가장 안쪽에 숨어있는 남자. 모든 것의 원흉. 미궁의 주인.

지하 5층으로 가는 길, 심연으로 통하는 승강기. 《숙명》인지 《우연》인지, 당신이 찾아낸 공략법.

당신은 담담하게, 알게 된 것, 그리고 알아야 할 것만 금강석의 기사에게 전달했다.

은발 소녀는 경악인지 공포인지로 눈을 부릅뜨고 있었지만, 금강석의 기사는 과연 대단한 인물이다.

그는 묵묵히 한 차례 이야기를 다 듣고서, 잠시 지나 짧게 중얼거렸다.

"……그렇다면, 즉시 놈의 목을 쳐야 할 것이다, 마는—."

—그럴 수는 없는가.

"없군."

금강석의 기사가, 한숨을 쉬었다.

"나라의 우두머리가 이것에 대처하지 않으면, 어떻게 되질 않는다. 세상이 끝날지는 모르겠으나, 나라는 끝장이다."

그렇고말고, 맞는 말이었다.

당신은 상인이 아니다. 파티의 회계 담당도 아니다. 그러나 우두머리로서, 그에 걸맞은 금전은 다뤄왔다.

이 성채도시에는, 흘러 넘치는 재화가 있다. 미궁에서는 무한의 재보가 솟아오른다.

그러나— 그뿐이다.

포말처럼 돈이 넘치고, 물건의 가격은 올랐다. 하늘 높은 줄 모르고.

그리고 언젠가, 아무리 금은재보를 쌓아 올려도 구할 수 있는 물건이 부족해진다.

식량도, 의복도, 다른 모든 것이 사라지고, 있는 것은 돈과 모험가, 그리고 《죽음》뿐.

그나마, 이 사태에 왕 같은 자가 대처한다면 괜찮다. 그러나, 도시의 모습을 보아하니—.

"그것은 이미, 자신의 삶에 대한 집착밖에 없다."

금강석의 기사가 뱉어내듯 말했다.

"자신의 멋진 궁전만 무사하면 되는 거다. 참으로 바보 같은 이야기야."

은발 소녀가, 흠칫하는 눈으로 금강석의 기사를 보았다. 그러나, 당신도 동감이었다.

지금 현재, 이 성채도시의 질서를 지키고 있는 것은— 교역신의 사원이 불어넣은 바람이다.

무상의 선의란 것은 있을 수 없다. 있다고 해도, 그것을 강요하는 것은 악이다.

그 가르침이 침투하지 않았다면, 자비를 내세우는 피난민들이 모든 것을 갉아먹었으리라.

그리고 그 질서를 유지하고자 하는 것은, 상인이며, 근위기사이며, 그리고 모험가다.

모두 이 도시에 모여, 미궁에서 살아남은 자이며, 외부에서 불러들인 자가 아니다.

외부에서 밀려드는 것은, 굶주림과 메마름, 그것 말고는 아무것도 없는 자들뿐.

처지를 이유로 타인에게 빼앗는 것을 긍정하는 자. 부정하여 미궁에 들어가는 자. 어느 쪽이든 마찬가지다.

결국, 이 성채도시에서 살아가려면— 살육과 약탈을 하는 수밖에 없다.

모든 것은 혼돈에 가라앉는다. 설령 누군가가 미궁의 주인을 토벌한다고 해도, 아무 의미가 없다.

있는 것은 그저, 《죽음》뿐이다.

"나는 놈을 친다."

금강석의 기사가 말하자, 당신은 그의 눈동자를 보았다. 정말이지, 무엇 하나, 농담이란 낌새가 없었다. 진심이었다.

"……그건 이미 불사왕으로 타락했다. 《죽음》에 매료되었지."

놈, 그것. 누구를 가리키는지, 당신도 알 수 있었다.

옆에서는 은발 소녀가 허둥지둥, 당신과 금강석의 기사 사이에서 눈길을 흔들고 있었다.

"그 목을 쳐서, 나라를 장악하고, 칼을 돌려 《죽음》의 군세를 요격한다. 허나—."

—이긴다 해도, 《죽음》이 흘러넘치고 있어서는 아무 의미도 없다.

"다시 말해서, 서로의 이해가 일치했다 보는데, 어떻지?"

바람은 하나, 원흉을 치는 것.

금강석의 기사가 지은 미소는 악동의 그것이고, 당신이 지은 것도 마찬가지의 미소였으리라.

당신은 수긍했다. 일체의 주저가 없었다. 본래 처음부터, 그걸 위해 이 땅을 찾아온 것이다.

"도읍을 불사왕이 뜻대로 다루게 둘 수 있겠는가? 나는 마혈(魔穴)에 도전한다."

—이쪽은 《죽음의 미궁》을 지배하는 주인. 그 목을 쳐서, 모든 것을 끝낸다.

당신들은 서로 고개를 끄덕였다. 그것만으로 충분했다.

이 남자를 지기로 얻을 수 있어서, 행운이었다.

"그렇게 됐으면, 한 가지 부탁이 있다."

—듣지.

"이 아이에 대한 거야."

은발 소녀는 자신의 어깨에 손이 놓은 의미를, 처음에는 잘 몰랐던 것 같다.

그녀가 망연한 표정으로 리더(두목)의 얼굴을 올려다보는 사이에도, 그 말이 이어진다.

"우리들은 뭐, 본래부터 그런 신세다. 그러나, 이 아이는 나중에 들어왔지. 이른바 말려든 것이야."

그러니까 맡아다오. 아마도, 그런 식으로 말할 셈이었으리라.

© lack

그러나 그보다도 빨리, 그녀가 움직였다.

"……나도 갈 거야."

그것은 작은 중얼거림 같았고, 그러나 외침처럼 들렸다.

그녀는 가녀린 손으로 금강석의 기사의 장갑을 떨쳐내더니, 그를 콱 올려다 보며 말했다.

"남겨지는 건, 사양이야……!"

당신과 이 소녀는, 그렇게 깊은 교류가 있었던 것이 아니다.

금강석의 기사와 그녀 사이에, 어떠한 여로가 있었고, 모험이 있었는지를 모른다.

그와 그녀가, 당신과 당신들의 모험을 모르는 것과 마찬가지로.

그러나 소녀가 눈에 눈물을 글썽거리며, 이를 악물고, 그래도 말하는 의지만큼은 알 수 있었다.

알 수 없을, 리가 없다.

"나는 당신의 척후야. 다른 누구의 것도 아냐. 그렇게 정했어. 내가, 스스로."

—아무래도 도망칠 수는 없겠는걸.

당신이 그렇게 말할 것도 없이, 금강석의 기사는 난처한 기색으로 볼을 붉적이고 한숨을 내쉬었다.

그 태도와 표정이, 다른 무엇보다도 웅변적으로 그의 대답을 이야기하고 있었다.

무심코 웃자, 「그쪽이야말로」 하고, 은발 소녀가 당신을 보며 말했다.

"그 애를 부탁할게."

그 말에, 당신은 수긍하고 받아들였다.

애당초, 할 수 있는 일은 다 해볼 셈이다.

당신의 대답을 듣고, 은발 소녀는 볼을 느슨히 풀어 기가 막힌 기색으로 웃더니 말했다.

"—분명, 아마 그런 구석 때문이겠지."

§

"창이라. 어렵군."

어슴푸레한 굴 같은 무기점 안쪽에서, 드워프가 아닌가 싶은 노인이 떫은 표정을 짓고 턱을 쓰다듬었다.

당신이 입에 담은 것은 요전에 부서져버린 여전사의 창에 대해서인데, 대답은 신통치 않았다.

"애당초 지하미궁에서 나오는 무기는 도검에 메이스, 그리고 지팡이 같은 것이 태반이다."

가게 주인은 그렇게 말하고 가게 안을 한 번 돌아보았다. 그 말처럼, 진열된 상품은 대개 그것들이었다.

대검이나 분쇄의 철망치, 수인 살해자에 마술사 파쇄자. 어느 것이든, 창 같은 것은 적다.

그리고 그 희소한 창 종류를 살펴보자면, 당신도 떫은 표정을 지을 수밖에 없다.

"이것도 저것도 수를 채운 양산품이다. 나쁜 물건은 아니다만, 상급의 무구라고는 말을 못하지."

역시 그리 되는가. 당신은 팔짱을 끼고 짧게 신음했다.

달인은 무구를 가리지 않는다 하지만, 그것은 가리지 않아도 된다는 의미가 아니다.

하물며 자신의 것이 아니라, 동료의 것이다. 가능하면 실력에 걸맞은 것을 마련하고 싶다 생각했다.

적어도 그 검은 옷의 남자는, 예전의 창을 부수었다.

그렇다면 예전 것보다 떨어지는 무기를 들어도, 아마도 아무 의미 없으리라.

그렇다면 성채도시 외부에서 들여오거나, 여기서 벼려주는 것 말고는 방도가 없다만…….

"……이 상황에서는, 말이지."

불가능하지는 않다. 그러나 바라는 주사위 눈이 나올 확률이 무시무시하게 낮으리라는 것은 명백했다.

주사위에 목숨을 거는 것 자체는 그렇다 치지만, 지금은 아직 그때가 아니리라.

그렇다면, 역시 지금 이 성채도시에서 상급의 창을 찾는 것은 어려운 일인가.

"일단은 이쪽에서도 찾아보겠다만, 장담은 못한다."

그래도 고마운 일임에는 변함이 없다. 오히려, 쉽게 장담을 해도 난처하다.

그리고—.

"네가 쓰는 만도군."

그래. 당신은 고개를 끄덕이고, 허리춤에서 칼집째로 그 만도를 뽑았다. 무명의 명품. 듬직한 무기.

과연 그 붉은 칼날과 그 사용자인 검은 옷의 남자를 넘어설 수 있을지는, 알 수 없지만.

그러나― 맞설 수는 있었다.

그 붉은 칼날이 젊은 마법 전사의 손에 있었을 때, 분명히 이 만도는 그것에 맞섰다.

그렇다면, 다음에도 이 무기로 도전하는 것이 도리일 것이다.

"좋다, 맡아주지."

당신은 지갑에서 금화를 한 줌 꺼내, 잡다한 소모품을 구입하고 좁은 동굴 밖으로 나왔다.

숨이 막히는 폐쇄감은, 성채도시의 골목까지 올라와도 사라지지 않았다.

좁아터진 돌바닥 길에 부는 바람의 기척은, 상당히 변해 버렸다.

네모로 잘려있는 하늘은 전보다 훨씬 멀고, 도시 사람들의 목소리는 귀에 닿지 않았다.

모든 것을 뒤덮은 것은, 피난민과 모험가의 다툼, 긴장감, 팽팽한 《죽음》의 냄새.

한순간 자신이 지하를 탐색하는 와중이 아닌가, 그렇게 생각해버릴 정도다.

언젠가는 사방의 건물이, 윤곽선만 남은 철골로 보이게 되어버리는 날도 오는 것일까?

그렇게 되면, 분명 그 강도 놈들과 큰 차이가 없어졌다는 것이리라.

당신은 희미하게 웃고, 짐을 든 채 유유히 걸어가려다가―

“……꽤나, 힘들어 보이네에.”

상쾌한 바람과 함께 익숙한 목소리가 귀에 닿자, 문득 발길을 멈추었다.

—그녀다.

골목 사이, 건물과 건물의 경계에 떨어진 그림자 안. 고양이 같은 미소를 지으며 웅크린 자그마한 모습.

정보상 여자가 외투 안쪽에서 싱글싱글 웃으며, 훌쩍 당신 쪽을 향해 발을 뻗고 있었다.

뭐, 힘든지 아닌지 물어보면, 그렇긴 하다. 그러나, 큰 차이 없을지도 모른다.

“그래?”

해야 할 일은 무엇 하나 변함이 없으니까.

당신이 그리 말하자, 정보상은 아무 말도 못하고 애매한 표정으로 입을 다물었다.

그녀는 입술을 일자로 다물고, 가만히 당신을 보았다. 당신 또한, 팔짱을 끼고 답을 기다렸다.

언제나 그녀가 나타날 때는, 자신에게 뭔가를 전하고자 하는 때였다.

그것이 도움이 되지 않은 적은 없다. 마치 길을 안내하는 이정표^{플래그}를 세운 것처럼, 상황을 바꿔주었다.

그러니 오늘도, 이야기를 들어야 하리라 생각했다.

“……편의적인 일은 아마, 일어나지 않을 거야.”

잠시 지나 조용히 중얼거리듯 고한 말은, 어쩐지 지친 것 같기도 했다.

“사람은 그렇게 영리하지 않고, 영리하다고 생각하는 사람은 소란을 피울 뿐이야. 아무 소용 없을지도 모르거든?”

뭐, 그런 법이리라. 당신은 그녀의 유심히 살피는 시선에, 과장 없는 동의를 표했다.

사람은 그런 법이다. 대단치 않다. 그러나, 그렇게 쓸모없는 것도 아니리라. 그런 법이다.

어느 한쪽만으로 뒤덮어버릴 수 있는 것이 아니다. 극단에서 극단으로 달리고 싶어 하는 자는 많지만.

그러나. 당신은 말했다. 당장은, 자신이 할 수 있는 일을 해볼 셈이다. 라고.

해볼만큼 해보고, 안 된다면 뭐, 그때 생각한다.

타인의 책임을 추궁할 생각은 애당초 없고, 그렇다고 세상이 멸망해도 내 탓은 아니다.

불이 꺼진 재처럼 불티만 남기고, 첫 묘실과 지상을 왕복하기만 하는 모험가.

있을지 없을지 모를 최하층의 《죽음》을 목표 삼아, 막무가내로 돌진하는 당신.

대단한 차이는 없다. 만약 있다면, 그것은 당신 자신의 품 안에 있는 자기만족뿐이리라.

그런 법이다. 당신은 다시 한번 반복해서 어깨를 으쓱거렸다. 그걸로 충분하다.

“—.”

정보상은, 눈을 부릅뜨고 있었다.

기가 막힌 것 같기도 하고, 눈부신 것을 보는 것 같기도 했다.

그녀는 외투 안쪽의 그림자 속에서, 꽃봉오리가 피는 것처럼 볼을 풀고 숨을 내쉬었다.

"그러면, 말려도 소용 없겠네에."

아무래도 그런 모양이다. 당신은 참으로 가벼운 태도라고 생각하면서도, 대답했다.

"그러면, 교역신의 사원에 가봐."

사원? 앵무새처럼 물어본 당신에게, 그녀는 「그래, 사원」 하고 반복하듯 속삭였다.

"이럴 때는 말이지. 신에게 매달려 봐야 하는 거 아닐까?"

누가 뭐래도 도움은 아무리 많아도 나쁠 거 없으니까. 그렇게 말하면, 분명히 그렇다.

그리고, 그 비구니도 한 번 더 만나둬야 할 것인가? 이걸로 마지막일지도 모른다.

"그렇네. 그러는 게 좋아."

정보상은 한순간 입을 다물고 말을 잇더니, 훌쩍 당신 옆을 지나쳐 달려갔다.

두 걸음, 세 걸음. 춤추듯 걸음을 디디며, 빙글, 외투를 펄럭이며 돌아보았다.

"교역신은 만남과 여행의 신이야. 그러니까 천천히 느긋하게, 걸어오는 게 좋겠지."

그리고, 그녀는 바람과 함께 물러갔다. 그 자리에 희미한 향냄새만 남기고.

당신은 멍하니 성채도시의 하늘을 올려다 보았다.

잘려나간 하늘은 여전히 멀지만, 아까보다는 가깝다.

하늘이 내려와준 것일까? 자신이 올라간 것일까? 글쎄, 과연.

당신은 그런 수상쩍은 생각을 하면서, 느긋하게 걷기 시작했다.

시간은 많이 남아 있지 않지만, 뭘, 그런 것마저 당연한 것이다.

이러한 시기라 해도, 느긋하게 걸어가는 것을 즐기는 건 그리 나쁜 일이 아니리라.

살아간다는 것은 자유로운 것이다. 《죽음》과 만나기 전까지는 마음대로 할 수 있으니까.

§

지금 성채도시의 정의를 지키는 최후의 요새는, 교역신의 사원이 틀림없었다.

밀려드는 피난민들. 그리고 피난민들에게 재화를 빼앗긴 자들.

그러한 사람들을 받아들이고, 지키고, 가여움과 무상의 선의를 방패로 삼는 약탈자를 물리친다.

물론, 받아들인 자들에게도 대가는 요구한다. 도움을 받은 이상은, 남을 도와야 하는 법이다.

서투르게나마 청소를 하고, 취사를 하고, 그것마저 못하는 자도 제각각 할 수 있는 일을 한다.

재화와 마찬가지로, 선의 또한 사람 사이를 돌고 도는, 마음 편한 바람 같은 것이다.

—그러나, 그래도 한계는 있다.

선의도 무에서 생기는 것이 아니다. 선의는 마음에서 나타나는 법이다.

그리고 마음을 채우려면 언제나 사물이 필요하며, 그리고 그것은 지금 그야말로 끊어지려 하고 있었다.

머지않아 모든 것이 파탄날 것이다.

그러나 교역신을 섬기는 신관들은, 그것이 결코 느껴지지 않는 모습으로 달려 다니고 있었다.

그들은 그야말로 신 앞에서 기도하는 모습으로, 신도들을 상대하고 있으니까.

당신은 사원으로 통하는 긴 계단을 오르면서, 그러한 광경을 쭉 보고 있었다.

모든 것은 간신히 버티고 있었다. 벼랑 한 걸음 직전. 둑이 터지기 직전이지만, 위대한 한 걸음.

열심히 한 걸음 앞에서 버티고 있는 사람들의 노력이, 지금 이 질서를 유지하고 있는 것이다.

그러한 사람들에게 매달리고자 하는 피난민들이 늘어선 줄 옆을, 당신은 묵묵히 올라간다.

우러러 보이는 것은 용이 사는 산이 아니라, 식사배급의 연기다.

산 아래의 녹아내린 대지도 무한하지는 않다. 취사의 연기도 언젠가는 끊어지리라.

그러나, 지금은 그곳을 가리키는 이정표로 삼을 수 있다.

당신은 계단을 오른다. 한 단 밟으면, 등뒤에서 완전히 죽이지 못한 강철 신발[사바톤]의 금속 소리가 들린다.

앞으로 나아간다. 소리가 이어진다. 한 단 뛰어 넘는다. 소리도 뛴다. 멈춘다. 소리가, 멈췄다.

─어디 보자.

이렇게 되어 버리면, 아무래도 괜한 짓이 되는 법이다.

당신은 조금 생각한 다음, 결국 아무 생각 없이 직접 말을 꺼냈다.

같이 사원까지 올라갈까?

등뒤에서 금속 소리가 찰칵 새되게 울렸다. 당신은 멈춰 서서, 참을성 있게 기다렸다.

"……."

대답 대신, 조심조심하는 발소리가 당신 옆으로 다가왔다.

힐끔 옆을 보자─ 어두운, 흑단 같은 검은 머리가 당신의 어깨 아래서 흔들리고 있었다.

─여관을 지켜달라고 부탁했던 것 같은데.

가능한 탓하는 식으로 들리지 않도록 마음 먹었지만, 그래도 그녀의 어깨가 흠칫 떨렸다.

당신은 실수였다 싶어 턱을 긁적이고, 되도록 온화한 어조로 모두에게 말하고 나왔는지 물었다.

"……응."

여전사는, 끄덕 그 머리를 위아래로 움직였다. 살짝이긴 했지만, 분명히 고개를 끄덕였다.

그녀는 그 풍만한 가슴에 끌어안는 것처럼, 부러지고 부서진 창의 자루를 안고 있었다.

아무것도 모르는 자가 보면 그저 부서진 무기겠지만, 그 의미를 모를 당신이 아니었다.

가지. 말을 걸고 계단을 나아간다. 강철 신발의 금속구가, 망설이면서도 옆에서 울렸다.

당신과 그녀는, 역시 묵묵히 계단을 올랐다.

때때로, 망연한 표정으로 계단을 내려가는 모험가들과 스친다.

때로는 동료를 끌어안고, 대단히 서둘러 계단을 달려 올라가는 모험가들이 앞서간다.

식사배급에 줄을 선 피난민들이 불평을 하고자 입을 열다가, 그 분위기에 압도되어 입을 다물었다.

《죽음》과 맞선 모험가들이, 사원을 찾아온 것이다. 그것을 막을 수 있을 리 없었다.

그리고 성채도시 밖이 어떻게 되든, 미궁에서 일어나는 일은 무엇 하나 바뀌지 않는다.

―자신을 포함해서.

"……?"

그렇게 생각하자 어째선가 웃음이 나와버리는 것을, 당신은 여전사의 시선으로 드디어 깨달았다.

의문스런 시선에 아무것도 아니라며 고개를 옆으로 젓고, 숨을 내쉬었다.

"……역시."

여전사가 그리 중얼거린 것은, 그야말로 그때였다.

"……가는, 거지?"

그것이 어디로, 인지. 모험가라면, 말할 것도 없는 일이리라.

당신이 응답하는 것보다 빨리, 멈춰선 그녀가 당신의 소매를 꼭 강하게 잡아, 움켜쥐었다.

한 단 아래. 올려다보는 짙은 보라색은, 대단히 번져 있고, 당장이라도 쏟아질 것처럼 떨리고 있었다.

"죽어버릴지도, 모르잖아……?"

뭐, 그렇겠지. 당신은 아무 과장도 없이, 담백하게 응답했다. 십중팔구는 죽으리라.

"그러면……!"

그러나, 사람은 죽는 법이다.

누구든. 무엇이든. 자신이든. 놈이든.

그것에 아무 차이도 없다.

꾀가 있는 자라면, 이것저것 방편을 늘어놓고, 싸움을 피하고자 억지를 짜낼 것이다.

그리고 지혜를 가진 시늉을 하며, 당신을 바보 취급할 것이다.

과거의 당신이, 지하미궁 1층에서 불이 꺼진 모험가들을 봤을 때처럼.

그러나, 이미 당신의 마음에 그런 그을림은 없었다.

매일 아침 매일 저녁, 오늘 죽을지도 모른다. 내일 죽을지도 모른다. 죽음을 상대할 각오를 굳힌 탓일까?

신기하게도— 일이 이렇게까지 되고서도, 당신의 마음은 온화하고 잔잔했다.

지하 1층을 배회하는 것도, 지하미궁의 가장 안쪽에 도전하는 것도, 아무것도 변함이 없으리라.

《죽음》에 도전한다. 그것은 철두철미하게, 무엇 하나 바뀌지 않았다.

싸우고, 죽이고, 이기고, 살아남고, 다음으로 나아간다. 혹은 14로 나아가, 관짝의 못처럼 죽는다.

그뿐이다.

당신은 흐림 없는 하얀 칼날이었다.

그저 황황하게 타오르는, 등불[스파크]이었다.

그러니까. 당신은 말했다. 따라와주기를 바라지만, 따라오라고 말은 못하는 것이다.

"……윽."

여전사가 입술을 깨물었다. 촉촉한 눈동자가, 당신을 노려보듯 가늘어졌다.

분명, 그녀는 자신이 따라오라고 말하면, 이래저래 투덜거리면서도 따라와줄 것이다.

그녀가 바라는 것은, 그 말이 틀림없었다. 그것은, 알 수 있다. 알고 있었다.

그러나, 그래서는 안 된다. 당신이 주는 이유이지, 그녀 자신 안에서 나온 것이 아니다.

출생과 이름을 빼앗기고, 억지로 모험가가 되었다.

가족이나 벗이 미궁에 도전하니까, 함께 미궁에 도전했다.

잃어버린 언니를 구해야 하니까, 《죽음》을 목표로 했다.

그 모든 것이, 이미 무의미해졌다. 그녀가 모험에 도전할 이유는, 무엇 하나 없다.

지금까지 손에 넣은 금은재화를 이용하면, 신분을 해방하는 것도 쉬운 일이리라.

언니의 소생은 불가능하다. 미궁 안쪽에 가득한 것은, 추악한 《죽음》뿐이었다.

그녀가 미궁에 도전할 이유는, 아무것도 없는 것이다.

"모, 모두가……."

가니까. 뭐, 그럴 것이다. 당신은 웃었다.

여주교는, 분명 당신과 마찬가지로 힘차게 천칭검을 쥐고 일어설 것이다.

타고난 사명이 있다. 무엇을 위해 살아가고 죽는지, 이미 그녀는 자기 마음을 정하고 있다.

벗의 마음을 풀어주기 위해서도, 분명 《죽음》에 도전하는 것을 포기하지 않으리라.

감정이었을 무렵부터 무엇 하나 변함없이.

종누이도 그렇다. 그건 당신을 동생 취급하며 여러모로 챙겨주려 하지만, 애당초 선한 성품이다.

그 검은 옷의 남자가 마도를 악용하여, 《죽음》을 흩뿌리고, 세상을 범하는 원흉이라는 것을 알게 된 지금.

어떻게든 할 수 있는 것이 자신이다. 어떻게든 해야 하리라. 그리 생각할 것이 틀림없다.

하프 엘프 척후는, 과연 분명히 경박하고, 겁이 많고, 능글맞다.

그러나 당신은 그가 언제나 보물상자에 도전하는 것을 알고 있다. 파티의 명운을 진 고고한 싸움이다.

누구도 의지할 수 없는 그것에 계속 이겨온 그는, 용감하고 강건한 모험가이리라.

언제나 말한 것처럼, 미궁의 주인의 목을 치기 위해 그는 도전할 것이 틀림없다.

목적이 부든, 명성이든, 도전하는 이상은 모험가다.

미르미돈 승려는— 어허, 과연 어떨까?

파티 안에서 가장 의문이 많다. 라기보다 무슨 생각을 하는지 잘 모를 남자가 그다.

그렇지만, 동시에 듬직한 남자라는 것도 틀림없는 사실이었다.

어느 쪽이든 상관 없다고 말하면서, 위험한 탐색에는 반드시 함께 해주지 않았던가.

아마도, 이번에도 그는 그럴 것이다. 「나는 어느 쪽이든 상관없다」하며 턱을 울리고, 최하층으로 간다.

신앙일까? 아니면 미르미돈의 독자적인 사고회로일까? 그는 언제나 결단을 명확하게 한다.

이유가 어느 쪽이든 간에— 당신에게는, 어느 쪽이든 좋았다.

그리고.

—너는 어쩔 거지?

"나, 는……."

여전사는, 대답하지 못했다.

그녀는 양손으로 창의 자루를 끌어안은 채, 당신을 올려다보던 시선을 발치로 떨구었다.

남겨져버린 어린 아이. 서두르지 않으면 두고 간다는 말을 들은,

작은 소녀.

물론— 모두가 간다면 나도 간다고, 그리하여 그녀는 미궁에 내려갈 것이다.

괴물과 싸우기도 한다. 슬라임에 겁을 먹으면서도— 아니, 《죽음》에 겁을 먹으면서도 버틴다.

그렇지만, 그래서는 안 된다. 그래서는 안 되는 것이다.

그래서는 죽었을 때, 분명 납득 못할 것이 틀림없다. 그녀도— 당신 자신도.

"……너, 도?"

그렇다.

당신은 파티의 리더로서 모두의 목숨을 맡고 있다.

누군가가 죽으면, 책임을 느낀다. 어쩔 수 없었다고 해서, 정리할 수는 없으리라.

설령 숙명이나 우연의 주사위 눈으로 나온 결과라 해도, 자신 탓이라고 생각할 것이다.

그러나.

그래도.

그래도 죽음은 결과다.

동료가 동료 나름의 모험을 한, 그 결과인 것이다.

자신이 책임을 느끼는 것은 자기 마음이다. 당신 자신의 모험이다.

동료가 모험 끝에 죽은 결과란 것은, 변함이 없다.

그 모험의 결말은, 어떤 것이 되든 받아들이는 수밖에 없다. 누구도 부정 못한다.

그렇지 않고, 만약…… 만약 그것이, 모험이 아니었다면.

그저 자신과 함께 해준 것뿐으로, 따라오지 말라고 했다면 죽지 않았던 것이었다면.

그것은 도저히, 받아들일 수 있는 것이 아니다.

그러니까 당신은 그녀에게 말하는 것이다.

지하미궁에 갈 거라면. 이 세상에서 가장 깊은 미궁의 가장 안쪽, 《죽음》에 도전한다면.

그것은, 네가, 너를 위해서, 너 자신의 의지로, 모험에 임하기를 바란다고.

"나는……."

목소리가 떨린다. 가녀린 어깨— 그렇다. 그 또래 소녀의, 섬세하고 가녀린 어깨도 떨리고 있었다.

"나, 는…… 윽."

짙은 보라색의 눈동자가 흔들리고, 눈물이 흘러 떨어진다. 뒤로, 흐른다.

강철 신발이 띄엄띄엄, 그러나 한껏 의지를 품고서, 앞으로.

"나는, 너랑, 같이…… 있고, 싶어……."

그것은 거의, 뛰어드는 것 같은 한 걸음이었다.

당신의 품으로 쓰러지듯, 붙잡는 것처럼. 앞으로 쓰러지는, 그녀가 할 수 있는 최선의 한 걸음이었다.

당신이 죽는 건 싫다고, 그리 호소하는 방법을, 그녀는 달리 모르는 것처럼 울었다.

"그러면…… 안, 될까……!"

오고 가는 사람들이 무슨 일인가 하여 발길을 멈추고 흥미롭게 보는 것도, 당신에게는 아무래도 좋은 일이었다.

당신은 품속에서 울먹이는 아가씨의 어깨에 손을 올리고, 그 머리를 살며시 쓰다듬어주느라 벅찼으니까.

—그런 것을.

말하게 하려는 것이, 아니었는데.

긍정도 부정도 안 하고, 당신은 당황 —민폐는 결코 아니다— 하여 하늘을 올려다 보았다.

기묘하게도, 어쩌면 당연하게도, 하늘은 어디까지나 파랗고 맑았다.

반상에서 무슨 일이 일어나든 하늘은 변함없이 파랗고, 태양과 쌍둥이 달과 별들은 돌고 도는 것이리라.

아니— 하늘이 파랗다는 것도, 또 꽤나 시야가 좁은 말이었다.

하늘은 파랗기만 하지 않다. 빨갛기도 하다. 보라색이기도 하다. 어둡고, 검고, 매끄러운 어둠의 색으로 물들기도 한다.

언제나 그녀가 당신을 찾아와 띄엄띄엄 대화를 나눌 때, 하늘은 밤의 장막에 휩싸여 있었다.

신기하게도 밤하늘이란 것은 짙은 보라색 같기도 하다. 도시의 등불 탓일까? 그녀의 머리색 같기도 하다.

당신은 숨을 내쉬었다. 손바닥을 통해서, 소녀가 움찔 겁먹은 것처럼 떠는 걸 알 수 있었다.

지금 올려다보는 하늘이, 어쩌다 파란 것이다. 뭔가를 축언하는 것처럼. 풍차를 울리며 바람이 불었다.

—안될 리가 있나.

당신은 말했다. 안될 리가 있는가, 라고.

그녀가 그것을 바라고 그렇게 정했다면, 그것은 그녀의 모험이다. 당신이 무슨 말을 하겠는가?

그것을 들은 여전사는 얼마간 고개를 숙인 다음, 그 눈가를 비비고 살며시 고개를 들었다.

"……정말이지, 참."

희미한 중얼거림. 어색하게 떠오른 미소. 짙은 보라색 눈동자가 당신을 보았다.

"이렇게 창피한 말을 하게 만들었으니까…… 책임, 안 지면 용서 안 한다?"

어허. 언질을 주기에는, 장사와 계약을 담당하는 교역신의 신전 앞은 너무나도 위험한 장소다.

당신의 말에 그녀는 「바보」라며 중얼거리고 옆구리를 팔꿈치로 쿡 찌르더니, 당신의 손을 잡았다.

손가락을 얽으며 손을 잡은 그녀는, 홱 고개를 돌려 위를 올려다보았다.

당신은 껄껄 웃었다. 웃고서, 그리고서 계단을 올라간다. 한 걸음씩, 착실하게.

그렇게 꼭대기의 사원을 목표로 기나긴 계단을 밟아 올라가자, 문득 그림자가 드리웠다.

"……신 앞에서, 뭘 하고 있는 건가요? 당신들은."

정말이지 참. 달려온 것인지 흐트러진 머리칼을 손으로 빗어내면서, 경건한 신자가 노려보고 있었다.

에 걸맞은 무기가 필요하다.

무기점의 주인장에게 부탁은 해뒀지만, 그걸로 제때 구할 수 있을 것 같지는 않다.

여차하면 뭔가 고검(古劍) 같은 것을, 긴 자루로 고쳐야 할지도—.

"한 가지 확인합니다만."

어흠. 작게 헛기침. 수도녀가 잡담이라도 하는 것처럼, 천천히 고개를 갸웃거렸다.

"미궁에 다시, 들어간다……라고 생각하면 되는 거겠죠?"

그래. 당신은 진심으로 아무것도 아니란 듯, 그녀의 질문에 응답했다.

그러고 보니, 그랬다.

당신은 진작에 옛날부터, 당연하게, 미궁의 가장 안쪽에 나아가기로 정하고 있었다.

그것은 어째서인가 하면, 이 성채도시에 왔을 때 그렇게 생각하여 정했기 때문일지도 모른다.

혹은 미궁에 도전하는 사이에, 감각이 마비되어 버린 것뿐일지도 모른다.

그러나 딱히, 어제 오늘 사이에 무언가 갑자기 변할 리가 없다. 그저 그뿐인 것도 사실이었다.

미지의 영역이 있고, 미지의 위협이 있고, 미지의 괴물이 있고, 그 안에 미궁의 주인이 있다.

해야 할 일은, 아무것도 변함이 없다.

그 답을 들은 수도녀는, 눈을 감고 잠시 입을 다물었다.

“그러면, 당신도?”

“……응.”

이어서 질문 받은 여전사가, 작은 목소리지만 확실하게 대답을 했다.

수도녀는 드디어 포기한 것처럼 숨을 내쉬었다.

“그렇다면, 이것을.”

그렇게 말하며 수도녀가 여전사에게 내민 것은, 보라색 라사 천으로 휘감은 길쭉한 무언가였다.

여전사가 조심조심 사양하면서 양손을 뻗어, 받았다. 보아 하니, 상당히 가볍다.

“……봐도 돼?”

“네. 원치 않았으면 넘기지도 않아요.”

천이 풀린다. 나타난 것은—.

“나무…… 창……?”

그렇다. 창이다. 날부터 물미까지, 모두 조각과 연마로 만들어진 진품과도 같은 목창.

그러나 여전사가 무심코 한숨을 흘릴 만큼, 그것은 참으로 훌륭한 창이었다.

“하드우드의 창입니다.”

수도녀가 말했다.

“축복받은, 단단한 나무의 창입니다.”

“성스러운……?”

“고대에, 어느 맹인의 성인이, 암흑의 성채에 도전하는 용사에게 내린 성창을 본따 만든 것입니다.”

그렇군. 그런 의미에서는, 분명히 우리들 파티의 전사에게 걸맞은 것일지도 모른다.

그 여주교의 신앙심은, 언젠가 성녀로 칭송 받아도 이상하지 않은 것일 테니까.

"물론, 이것은 진품은 아닙니다만."

수도녀가 말을 덧붙이며, 당신을 보았다.

"그렇지만 성인(聖人)의 손으로 가호와 축도를 시행한 것은 다르지 않습니다. 힘이 되겠죠."

—성인?

"저입니다만?"

수도녀가 태연히 그렇게 말하니, 당신은 웃어 버렸다.

과연, 이것은 영험한 성창이 틀림없다. 이만한 물건은, 또 없으리라.

—어떻지?

"잠깐만 기다려……."

타앙. 여전사의 강철 신발이, 언젠가처럼 예배당의 바닥을 박찼다.

바람을 가르며 휘두른 하드우드의 창, 그 날끝이 어둠을 떨치고 허공을 찔렀다.

그것은 언뜻 보기에도 여전사의 손에 잘 맞고 있으며, 마치 생물처럼 그녀의 움직임에 따른다.

창이 홀로 튕겨, 여전사와 함께 춤추는 것이 아닐까 싶을 지경이었다.

예배당에 모여 힘없이 고개를 떨구고, 혹은 기도만 하고 있던 사람들의 시선이 여전사에게 모였다.

© lack

여전사와 하드우드의 창이, 그야말로 기적처럼 그곳에 있었다.

이만한 물건은 설령 명공의 손으로 만든 창이라 해도, 그리 없었다…….

"……응. 아주— 좋을지도."

여전사는 한차례 연무처럼 움직이더니, 호오 숨을 내쉬고, 그렇게 말을 흘렸다.

양팔로 그 풍만한 가슴팍에, 창을 단단히 끌어안았다.

그 태도는 사원을 찾아왔을 때와 마찬가지고, 그러나 전혀 다른 것이었다.

그렇다. 아까 사원을 찾아왔을 때. 그리고, 훨씬 예전에 사원을 찾아왔을 때.

당신은 문득, 언제였던가— 처음으로 그녀와 여기서 대치했을 때를 떠올렸다.

그때 여전사의 움직임은 경쾌했다.

생각해 보면, 그것은 돌아올 생각이 없는 돌진인 탓에 날카로웠으리라.

지금 그녀의 움직임하고는— 역시, 크게 다른 것이었다.

"죽은 자는, 곁에 없어요. 그리고, 《죽음》도 꺼려 마땅한 것이 아닙니다."

성스러운 창을 손에 쥔 여전사와 당신에게, 수도녀는 차근차근 말했다.

아니, 그 말은 교역신의 사원에 모인 모든 사람에게 논하는 신의 가르침 그 자체였다.

"추억도, 마음도, 삶도, 죽음도, 모든 것이 돌고, 도는 것입니다."

괴로움도, 행복도, 기쁨도, 슬픔도. 죽은 자의 마음도. 산 자의 기도도.

"—그러니, 당신 곁에 바람이 있습니다. 여행을 하는 한, 반드시."

"……네."

그리고 아리따운 여전사가 미소를 지을 것도 없이, 당신은 교역신, 그리고 수도녀에게 고개를 숙이고 있었다.

이것에 감사하지 않고, 무엇에 감사하라는 말인가?

—역시, 부탁은 해보는 법이다.

§

"어허, 대장! 내 조사를 했다!!"

그리고 여관으로 돌아온 당신을 맞이한 것은, 부드러운 침대에 다리를 올리고 앉은 척후의 말이었다.

하드우드의 창을 소중하게 끌어안은 여전사와 당신은, 그 떠들썩한 목소리에 무심코 서로 마주보았다.

"거는 아~주 옛날에 시련장인지 보물창고인지가 있었다 안카나. 제일 밑에는 10층이란다."

그런 당신들의 모습을 보면서도, 하프 엘프 척후의 설명은 이어졌다.

말하기를— 이르기를.

《죽음의 미궁》, 과거의 시련장은, 고대의 왕이 구축한 병사를 선발하는 시련장이었다.

그 4층에 있던 방은 최종시험의 장소이며, 그 안쪽에 대해서는 판별이 안 된다.

아마도 보물창고든, 뭔가 다른 중요시설이 있었을 것이라 봐도 틀림이 없겠지만…….

"케도 그 이상은 조사 안 했다. 그 꺼멍 놈이 얼마나 건드렸을지 알 수가 없다 않나."

알 수 없었던 게 아니라, 조사를 안 했다고, 그는 말했다.

섣불리 선입견을 가지고 도전하는 것보다는, 미지의 영역에 도전하는 마음가짐이 더 안전할 것이다.

그것은 당신도 수긍하는 것이었다. 그러나 놀랄 점은 그것이 아니다.

그는 여관에 있으면서, 어떻게인지 미궁의 정보를 모은 것이다.

도시의 혼란을 피해 여관에 오는 모험가들에게 들은 것인지, 아니면 어떤지 보러 온 근위에게 들었는지.

당신의 시선을 깨달은 하프 엘프 척후는, 익숙한 기색으로 훌훌 손을 흔들어 보였다.

"다 방법이 있다 안 카나."

당신은 한숨을 쉬었다. 소문에 들은, 도적의 직업 조합이라는 것이 이 도시에도 있는 것일까?

―아니, 그것보다도.

갈 생각이었나?

"그야 대장이 갈 생각 아니가."

당신의 말에, 척후가 천연덕스레 웃으며 응답했다.

딱히 숨기고 있을 셈도 아니었지만, 다 꿰뚫어 보인 것은 낯간지러운 일이었다.

"누님도 그럴 셈이지 않나. 내도 꾸물대고 있을 수 없는기라."

듣고서, 「그냥, 평범한 거잖아?」 따위로 고개를 돌리는 여전사도 마음은 마찬가지이리라.

그녀는 홱 당신에게서도 고개를 돌리고, 긴 다리를 경쾌하게 뻗어 방 안쪽으로 나아갔다.

목표는 호화로운 객실의 구석, 묵묵히 주문서에 고개를 파묻고 있는 종누이 옆— 여주교다.

파란 장식 끈을 만지작거리던 그녀는, 옆에 앉은 여전사의 기척에 문득 고개를 돌렸다.

"……괜찮은…… 건가요?"

"……응."

여전사가 작게 고개를 끄덕였다.

"……그쪽, 은?"

"저는—."

그런 대화에, 당신은 의도적으로 귀를 기울이지 않았다.

여주교가 이야기하는 상대는, 당신이 아니다.

그리고 그녀는, 앞으로 나아가는 소녀라는 걸 당신은 알고 있었다.

그래서 당신이 간 곳은, 고급 의자가 조금 작게 보일 만큼의 체구를 가진 미르미돈 승려다.

"나는 어느 쪽이라도 상관없다만."

팔짱을 낀 채 입을 다물고 있던 그 남자는 촉각을 흔들더니, 타각 턱을 닫으며 말했다.

허어. 당신은 아무것도 아니란 듯 미르미돈 승려의 맞은 편에 앉아, 표정을 살필 수 없는 그 얼굴을 보았다.

그리 짧지 않은 사이다. 표정은 몰라도, 감정을 읽어내는 건 할 수 있었다.

"왕도도 위험한 상태라는 소문은 들었다. 흡혈귀의 왕(뱀파이어 로드)이 나왔다던가."

당신은 그 말에 수긍으로 답했다. 그 금강석의 기사는 입막음을 안 했으니까.

다시 말해서, 귀가 밝은 자들은 이미 알고 있다는 것이리라.

아무리 그래도 그 죽음의 왕이, 문자 그대로의 의미라고는─ 신이 나서 말할 셈도 없었다만.

"죽음의 군세(아미 오브 다크니스), 성채도시의 소동, 미궁의 돈벌이…… 여러 가지 있겠지."

그렇다. 그야말로 세상의 위기다. 그리고─ 그것과 상관 없이, 나날의 생활에 쫓기는 자도 있다.

동료의 《리저렉션(소생)》 비용을 마련하고 싶다는 자도 있으리라. 가족을 부양하고 싶은 자도 있으리라.

맛있는 것을 먹고, 마시고, 놀고, 편하게 살고 싶다는 자도, 있을 것이다.

그걸 위해서 지하미궁에 발을 들이고, 재화만 손에 넣어 지상으로 철수한다.

그것들이 당신들의 모험보다 뒤떨어지는가 하면─ 그런 일은, 없다.

세상을 구하고자 하는 모험을 위해서라 해도, 짓밟아도 되는 것이 아니다.

그래서는— 그 젊은 마법 전사의 파티^{일당}와, 아무것도 다를 바가 없지 않은가?

그런 그를 노리개 삼은 그 검은 옷의 남자하고도, 무엇 하나 다를 바 없으리라.

그렇기에 당신에게 미르미돈 승려의 말은, 마음 속에 턱 와 닿는 것이었다.

"아무래도 좋다. 어디를 가든 상관 없다. 다양성이지."

—그것이 없어지는 것이야말로 멸망이란 것이지. 그는 말했다.

그러나. 당신은 그것을 듣고 굳이 어려운 표정을 만들었다. 팔짱을 끼고, 신음마저도 했다.

아무래도 《죽음의 미궁》 바닥으로 가는 것은, 우리들뿐인 모양이다.

"……허면, 어쩔 수가 없군."

미르미돈 승려의 턱이, 타가닥 울렸다. 당신이 생각하기에, 분명 그것은 그의 웃음이 아닐까?

다양성을 유지하기 위해 누군가가 가야만 하리라. 그런 그에게, 당신 또한 고개를 끄덕여 응답했다.

그래. 참으로 어쩔 수 없는 일이다.

"갈 거예요."

그때 문득 조용한 소리가 들린 것은, 방의 구석에서 책에 고개를 파묻고 있던 종누이였다.

그녀는 낡은 주문서에서 눈을 떼지도 않고, 완전히 집중한 모습으로 담담하게 말했다.

"저도 갈 테니까, 잊지 말아요."

그리고, 전할 말은 그것뿐이다.

그녀는 즉시 의식을 문자의 바다에 빠뜨리고, 진정으로 힘 있는 말의 탐구를 재개했다.

―뭐, 말할 것도 없다, 란 거군.

종누이가 이만큼 주력하는 것이 무엇을 위해서인지, 생각할 필요도 없는 것이다.

따라서 당신은 알았다고 한마디만 했다. 상호 이해는, 그걸로 충분했다.

"저, 저도……!"

그러니까. 급하게 소리를 낸 여주교의 행동도, 당신은 어쩐지 이해할 수 있었다.

그것은 미궁에서 귀환하며 그녀가 보인 표정과, 말은 안 하지만, 종누이에 대한 신뢰다.

종누이가 자신의 일에 주력할 수 있는 것은, 여주교가 자신의 의지로 서서 걷고 있는 증거니까.

"……가야만, 해요."

여주교는, 꼬옥 파란 장식 끈을 쥐었다. 소중한 친구의 손을 쥐는 것 같은 동작으로.

그리고 한순간 내린 그 보이지 않는 시선을, 분명 똑바로 당신에게 보냈다.

"그걸 위해서, 이 도시에 왔으니까요."

힘차게, 확실하게. 자신의 의지를 말하는 여주교의 자세는, 전혀 흔들림이 없었다.

그것을 의심할 이유 따위 어디에도 없으리라. 그녀는 영웅이고자 하고 있으니.

마지막으로 당신은, 여주교의 곁에 쪼그려 앉은 여전사에게 눈길을 보냈다.

그녀는 하드우드의 창을 손에 들고, 당신을 올려다 보았다.

"……응."

여전사가 고개를 끄덕였다. 살짝 웃음.

"갈까?"

그러, 면. 당신은 말했다. 정해졌군.

이 여섯 명이서— 세상을 구하러 가도록 하지.

§

그렇게 정해지면, 모험가의 움직임이란 빠른 법이다.

각자의 준비를 정돈하고, 소모품, 식량, 물약 등등의 준비를 마치는데 하루.

덤으로 당신은 무구점의 주인장에게 창의 전말을 말하고, 사과를 하는 것과 동시에 만도를 받았다.

"꽤 잘 됐다고 생각하거든."

그렇게 말하면서 내민 만도를, 양해를 구하고 칼집에서 뽑아 점검했다.

—훌륭하군.

다시 태어난 것은 아니다. 그것은 당신이 미궁에서 생사를 맡긴, 그 애도 그대로다.

다시 말해 다음 싸움에서도 목숨을 맡기기에 충분한, 그만큼의 날카로움을 유지한— 좋은 칼이다.

"이길 수 있을지 없을지는 사용자 나름이지. ……그러나, 당신한테는 상대에게 없는 점이 있어."

꼼꼼하게 칼날을 바라보고 있던 당신에게, 무구점의 주인장이 그렇게 말했다.

글쎄. 과연 무엇일까? 고개를 갸웃거리자, 그는 씨익 치아를 보이며 말했다.

"아무리 《죽음의 미궁》 최하층이라지만, 실력 좋은 대장장이는 없지 않겠나?"

맞는 말이다. 아아, 정말이지, 맞는 말이다.

껄껄 웃은 무구점의 주인장에게 거듭해 인사를 하고, 당신은 만도를 허리에 찼다.

크고 작은 무게가 느껴지자, 당신의 마음은 진정된다— 뭐라고 해야 할까. 딱 들어맞는 것이다.

마땅한 일이다. 라는 것이리라.

—무기의 유무로, 기량이 내려가는 것도 아닐 것인데.

그런 별것 아닌 생각을 하면서, 소란스러운 분위기의 대로를 당신은 헤엄치듯 나아간다.

여관 앞에는— 모두가 있었다.

제각각 머무르며, 책을 펼치고, 혹은 하릴없이 벽에 기대어, 당신을 기다리면서.

문득 당신의 모습을 발견한 여전사가 하드우드의 창 물미를 차올려, 빙글 손 안에서 한 바퀴 돌렸다.

"정말, 늦었잖아?"

"준비는, 만전입니다……!"

주먹을 꼭 쥐고 천칭검을 쥔 여사제. 그 옆에서는 종누이가 「완벽해요」 하고 가슴을 폈다.

당신이 정말일까 하여 미르미돈 승려를 보자, 그는 말도 없이 촉각을 흔들어 수긍했다.

그렇다면, 가도록 하지. 당신 또한 고개를 끄덕여 답하고, 파티를 이끌어 성채도시로 나섰다.

도시의 색채는, 소란스러움은 그대로, 분위기만 바뀌어 버렸다.

이미 사람들이 날씨나 인사처럼 나누는 것은, 모험가의 화제가 아니라 세상의 위기에 대해서.

재화와 함께 돌고 있던 활기는 사라지고, 길가에는 어두운 표정으로 고개를 숙이고, 흐려진 눈을 한 피난민이 웅크린다.

그러한 자들과 모험가의 다툼, 노호, 외침. 귀에 닿을 때마다, 여주교가 고개를 든다.

그녀는 미련을 버리지 못하여 몇 번이고 그쪽으로 눈길을 보내지만, 입술을 깨물고 앞으로 나아간다.

그렇고말고. 지금 이때 이 자리에서, 불량배든, 고블린이든, 문제가 아니다.

세상의 위기를 구하지 못하면, 모든 것이 끝나버리게 되니까.

그러나— 그렇다고 해도, 마지막으로 볼지도 모르는 도시의 광경이 이래서는, 유감스런 일이다.

딱히, 이 도시의 무언가가 그렇게 소중했던 것은 아니다.

돌이켜봐도, 1년이 안 되는 정도의 시간이다.

그러나 그래도, 당신들은 매일같이 이 길을 지나 미궁으로 가고 있었다.

그리고 매일같이, 이 길을 지나 여관으로 철수했었다.

그것을 거듭해 쌓고 있던 일상이었는데, 지금 완전히 자취를 감추고 빼앗겨 버렸다.

쓸쓸하다고 생각하는 것은, 분명 지극히 당연한 일이리라.

딱히 길거리만 말하는 것이 아니다.

『황금의 기사』 주점 앞을 지나자, 그곳에는 원탁과 의자 같은 것으로 방루를 쌓고 있었다.

식량이나 금화나 여자를 찾아, 밀고 들어오려는 자들이 있었음이 틀림없다.

술값 대신에 경호원 역할을 맡았는지 모험가가 가게 앞에 앉아서, 길 가는 사람들을 날카롭게 보고 있었다.

그 옆에는 대단한 의미도 없을 텐데, 빗자루를 무기처럼 쥐고 있는 수인 여급이 있었다.

당신들의 모습을 발견한 그녀의 토끼 귀가, 쫑긋 커다랗게 튀어오르듯 흔들렸다.

"이제부터 모험인가요?!"

낯을 익힌 당신들을, 그녀는 아무래도 손님으로서가 아니라도 기억해준 모양이다.

"하모!"

맨 먼저 하프 엘프 척후가 대답했다.

"오늘은 말이다. 제일 깊은 곳까지 가는 기다!"

"와아! 그건 대모험이네요!!"

퐁 소리를 내며, 여급이 그 패트풋(말랑한 손바닥)을 마주쳤다.

그리고 그녀는 완벽한 미소를 짓고, 당신들을 향해 커다랗게 손을 흔들며 외쳤다.

"다녀오세요! 모험이 끝나면 마시러 오세요!"

준비할 테니까요. 그렇게 말해주는 것의 의미를, 모를 당신들이 아니었다.

당신은 여급을 향해 가볍게 손을 들어 응답하고, 걸었다.

등뒤에는 모두 제각각 『황금의 기사』 주점의 여급에게 말을 거는 소리가 들렸다.

발걸음은, 가볍다.

도시 변두리에서 입을 열고 있는 미궁 입구를 목표로 걷는, 평소의 아침과 같은 모습.

그중 하나가, 망을 보듯 서 있는 그 근위기사 여성이었다.

"오, 왔군!"

그녀는 평소처럼 털털한 기색으로 당신에게 말을 걸지만, 표정에는 피로의 색이 짙었다.

무리도 아니었다.

치안유지를 맡은 자라면 언제나 만전의 상태를 유지하며, 휴식도 취하는 것이 상식이리라.

그러나, 그것은 후방의 지원이 있을 때의 이야기다. 아니면 『가능한』이라는 말을 붙여도 되리라.

그리고 이 상황에서 성채도시 밖의 지원은 없으며, 『가능한』의 결과가 이 꼴이다.

당신은 수고한다고, 비꼬는 뜻 없이 그녀의 근무를 칭송하고 여동생의 안부를 확인하는 말을 했다.

"뭐, 덕분에."

근위기사의 볼이, 피로한 미소의 형태로 느슨해졌다.

"꼭 돌아와. 너희들이 돌아오지 않으면, 동생한테 뭐라고 설명해야 좋을지 모르겠으니."

그렇다면 그 작은 소녀에게도 응원을 받고, 기대를 해준다는 것이군. 이건 책임이 중대하다.

"그럼."

근위기사가 아주 진지하게 말했다.

"모험가는 전부, 그런 법이거든?"

"……열심히 하겠습니다."

끄덕끄덕. 여주교가 역시 아주 진지하게 고개를 끄덕이며 응답했다.

군대를 보내면 된다고, 꾀를 부려 말하는 자가 있다.

더 안전하게 벌면 된다고, 다 안다는 식으로 말하는 자도 있다.

모험가 따위는 어리석은 놈들이라고, 비웃는 자도 있으리라.

허나, 그렇지만, 그렇지 않으리라.

모험가들만 할 수 있는 일이 있다. 모험가가 아니면 못하는 일이 있다. 모험가밖에 모르는 일이 있다.

돈을 벌기 위해서라도, 더 높은 곳을 노리기 위해서라도, 복수라도, 세상에 나서기 위해서라도, 변함이 없다.

그것이, 모험이라는 것이다.

그리하여…….

당신은 미궁의 어둠에 발을 들일 때, 돌아보며 그곳에 펼쳐지는 것을 보았다.

성채도시에서, 바람이 불어오고 있었다. 풍차 돌아가는 소리가 귀에 들린다. 당신 곁까지.

설령 암흑 속에서 죽는다 해도, 배웅을 해준다. 죽음으로 떠나는 여행치고는 좋은 일이다.

모험가로서, 더 이상 바랄 것이 없는 일이었다.

§

지하미궁의 어둠은, 사방세계를 뒤덮은 혼돈과 상관없이, 늘 그렇듯 당신들을 맞이해 주었다.

처음으로 발을 들였을 때의 긴장감이 그립고, 이제 와서는 안도마저 느끼니 기묘했다.

미궁에 눌러앉은 그 볼품없는 남자들의 마음도, 이해 못할 것은 없었다.

“그러면, 승강기로…….”

여주교의 말이 당신을 현실로 되돌렸다.

"……가도록 하죠."

그래. 당신은 짧게 수긍하고, 대열를 짠 파티를 이끌어 그 암흑영역의 안쪽을 목표로 걸었다.

필요 최소한을 제외하고, 대화다운 대화는 없었다.

바로 요전에 지난 길을 다시 가는 것뿐인데, 기이하리만치 길게 느껴지는 것은 어째서일까?

긴장하고 있다— 당연한 일이다. 좋지 않은 경향이라고, 당신은 생각했다.

딱히 긴장을 했다고 해서 실력이 올라가는 것도 아닌 것이다. 당연한 것이다.

평소처럼 행동하지 못해서야, 어찌 본래의 역량을 발휘할 수 있단 말인가?

당신은 어둠 속에서, 무슨 말을 해야 할까, 어떻게 말을 꺼내야 할까 생각하여—.

"도착했대이, 대장."

하프 엘프 척후의 알림으로, 그 기회를 놓치고 말았다.

눈앞에는 그때와 같은, 중앙에 세로로 선이 그려진 양쪽으로 열리는 문이 기다리고 있었다.

당신은 손으로 더듬어 단자를 찾아, 그것을 강하게 눌렀다. 문이 열린다.

—가자. 당신이 그렇게 재촉할 것도 없이, 모험가들은 승강기에 올라탔다.

재앙의 중심인 그 지하 4층으로 가도록, 다시 한번 단자를 누르고

상자가 가라앉는다.

나락의 바닥으로 떨어지는 것 같은 부유감.

몇 시간 ―몇 분, 혹은 며칠― 만에 본 동료들의 얼굴은, 어쩐지 창백해 보였다.

그것이, 이 승강기 안을 비추는 불가사의한 마법 등불 탓이라면 좋겠다만.

"……휘이잉, 콰앙."

문득 여전사가 작게 속삭였다. 언젠가와 같은 말이다.

당신이 흠칫하여 눈길을 돌리자, 그녀는 키득키득 웃음을 흘리며 당신을 흘겨 보았다.

"왜애? 무서워?"

그런 그녀의 표정은 굳어져 있었지만, 당신은 눈치 못 챈 행세를 하며 어깨를 으쓱거리고 당연하다고 말했다.

배려를 해준 것이다. 그 마음을 낭비하고 싶지는 않다. 무엇보다도, 고마웠다.

"뭐, 거 안쪽에 뭐가 있든, 우리가 맨 먼저 알게 되지 않긋나……?"

『어머, 그러니까 우리가 첫 도달자란 거잖아요!』

―라고, 평소라면 말할 종누이의 목소리가 안 들린다.

당신은 힐끔 승강기의 어슴푸레한 상자 등불 안에서 그녀의 모습을 살폈지만, 진지하게 생각하고 있는 모습.

그녀가 뭔가를 생각한다. 그 의미를 모르는 당신이 아니다. 따라서, 당신은 대신하여 이렇게 말했다.

다시 말해서, 생각에 따라서는 우리가 첫 도달자라는 것이 아닌가―

라고.

“그라믄, 보물상자 알맹이는 우리가 독점할 수 있다는 기지!”

“다만, 탐색할 틈도 없겠다만.”

가볍기 짝이 없는 목소리로 나온 하프 엘프 척후의 농담에, 미르미돈 승려가 타각 턱을 끼웠다.

“나는 어느 쪽이라도 상관 없다만…….”

그러나, 그 다음에 그가 무슨 말을 하려고 했는지를 당신은 알 수 없었다.

덜컹 둔탁한 소리와 함께, 승강기가 멈췄기 때문이다. 그리고, 문이 열린다.

나타난 광경은— 역시, 지난번과 마찬가지다.

일직선의 통로. 그 안쪽에 펼쳐지는 제단 같은 기이한 돌 단.

바닥에 새겨진 문양은 검고 탁하며, 그것이 비기하학적인 선을 그곳에 맺고 있었다.

명백하게 마도인 흐릿한 불빛이 들어와, 비추어낸 그곳이야말로.

미궁의 심장부, 재앙의 중심이다.

그리고— 바닥에 드높이 쌓인 재와, 주인을 잃고 버려진 수많은 무구들.

당신들이 여기서 물러났을 그때와, 무엇 하나 변함이 없었다.

“……윽!”

맨 먼저 뛰쳐나간 것은, 당신의 눈앞에서 금빛 머리칼을 나부낀 소녀였다.

승강기 안에서도 침묵을 유지하던 여주교는, 누구보다 빨리 달려가 묘실 안에 무릎을 꿇었다.

당신이 그녀에게 말을 걸어야 할까 말아야 할까 망설이며, 한 발 내디딘 참에.

"괜찮아."

여전사가 내민 하드우드 창의 자루가 당신의 발걸음을 막았다.

그녀는 말처럼 가볍지 않은 진지한 표정으로, 여주교의 등을 바라보며 조용히 중얼거렸다.

"—그치?"

"……네."

고개를 끄덕이고, 여주교가 슥 일어섰다.

그녀는 바닥에 흩어진 재— 과거의 친구를 밟지 않도록, 세심한 주의를 기울이고 있었다.

천칭검을 의지하여 일어선 그녀는, 안대에 휩싸인 눈동자를 똑바로 안쪽 문에 향하고 있었다.

"저는."

여주교가, 역시 작은 소리로 말했다.

"……가야만 하니까요."

당신 또한, 그곳을 보았다.

검은 옷의 남자가 뛰어든 암흑은, 새삼 주시하자 아무래도 역시 승강기 같았다.

양쪽으로 열리는 문 안쪽에 관^{코핀} 같은 상자가 있고, 당신들을 기다리고 있었다.

—관짝인가.

당신은 뇌리를 스친 말에, 무심코 쓴웃음을 짓고 있었다.

이 안에는 죽음이 기다리고 있다. 그 전에 관짝부터 들어가는 것은, 순서가 반대 아닌가?

그런 당신의 귓가에서, 여전사가 한숨을 흘리듯 속삭였다.

"휘이잉, 콰앙."

아무래도 세 번째여서는. 이번에는 여전사가 어깨를 으쓱거리고, 고개를 홱 돌릴 차례였다.

당신은 그녀의 어깨를 가볍게 두드리고, 모두를 둘러본 뒤 말했다.

―가자.

승강기의 문을 지나, 단자를 찾는다. 4, 5, 6, 7, 8 그리고 9.

당신은 동료들이 탄 것을 확인한 다음, 힘차게 9의 단자를 눌렀다.

그리고 다시, 당신들은 깊은 나락의 바닥으로 떨어진다―.

§

―그렇지만.

결의하고 발을 디뎌 내려선 지하 9층은, 맥이 빠질 만큼 변함없는 미궁의 양상이었다.

윤곽선만으로 구축된 세계는, 당신들의 좌우에 있는 문과 구불구불한 통로를 그리고 있었다.

그저 그뿐이다. 어슴푸레하고, 그러나 살짝 밝으며, 요기가 떠돈다― 으슬으슬함마저 같다.

당신이 익숙한, 지하미궁과 변함이 없었다.

그것이 아주 조금, 마음을 진정시켜준다.

"갑자기 무언가가 뛰쳐나오지는 않는 모양이군."

당신의 어깨너머, 라기에는 높은 위치에서 턱이 튀어나왔다. 미르미돈 승려가 조용히 말했다.

그는 손에 만도를 뽑아 들었다. 이미 충분히 주의하는 기색을 엿볼 수 있었다.

그러나, 지금 여기는 척후에게 탐색을 부탁해야 할 것이다. 당신은 하프 엘프 척후의 어깨를 두드렸다.

"우에, 내가?!"

"그게 할 일이잖아?"

후후. 여전사가 미소를 짓자, 척후는 「어이쿠야……!」하더니 슬금슬금 승강기에서 내렸다.

한 걸음 내디딘 바닥은, 아무래도 가라앉거나 날아가거나 하지는 않는 모양이다.

그는 그대로 조용히 몇 걸음 앞으로 나아가더니, 문제 없는지 이쪽으로 손을 흔들었다.

"……바닥엔 암것도 없는데, 저가 뭔가 있다카이."

"뭔가라니, 뭔데에?"

여전사가, 하드우드의 창을 겨누었다.

"……괴물이야?"

고블린이나 슬라임 같은 게 아니면 된다.

당신이 아주 진지하게 말하자 여전사가 시선을 보냈지만, 금세 그녀는 앞을 보았다.

그렇다. 당신은 평소의 농담과 달리, 진지하게 그 생각을 했기 때문이다.

쓸데없이 소모하는 건 피하고 싶다. 동료 두 사람이 겁을 먹는 상대는, 사양하고 싶다.

"……여기가 최하층이라고 생각하긴 어려워요."

찍찍 양피지에 지도를 그리고 있던 여주교가, 그 손을 멈추고 말했다.

"어쨌든지, 앞으로 나아가야 해요……."

물론이다.

당신은 만도의 자루를 점검하고, 모두 준비된 것을 확인한 다음 천천히 지하 9층에 발을 디뎠다.

설령 묘실이 아니라도, 배회하는 괴물과 조우하는 것은 충분히 있을 수 있다.

그리고 눈앞에, 하프 엘프 척후가 발견한 무언가가 괴물이나 함정일 가능성 또한 높을 것이다.

여기는 이름에 지지 않는, 악명 높은《죽음의 미궁》최하층, 그 직전인 것이다.

다가감에 따라, 당신은 그 정체불명의 무언가가 벽에 달라붙은 하얀 무언가라는 걸 알 수 있었다.

그러나— 그것은, 너무나도 역겨운 광경이었다.

누더기처럼 삭아버린 장비가 달라붙은, 새하얀 여자의 반신.

벽에 파묻혀 있는 것은, 그야말로 그렇다고 밖에 말 못할, 모험가의 말로였다.

지저분하고, 상처 입고, 그러나 그럼에도 그 피부에는 피가 흐르고, 희미한 온기마저 느껴졌다.

움찔, 움찔. 떨리고 있는 걸 보면, 아직 숨은 쉬고 있는 것이다. 무시무시하게도, 그것은 살아 있었다.

그나마 그녀 한 명뿐이었다면, 아니, 그것마저도 기이한 광경이었지만―.

한 명이, 아니다.

팔이 튀어나와 있는 자도 있었다. 다리만. 혹은 두발만. 얼굴이 절반만 나와있는 자도 있다.

모두 모험가이며, 모두, 돌벽 안에 파묻혀 있었다.

"살."

여전사의 목소리가 갈라졌다.

"아 있는 거야……? 이, 애들……?"

"……몸은."

여주교가 애매한 어조로 응답했다. 그렇다, 몸은 살아있다. 그러면 마음은. 영혼은, 어떨까?

산 채로, 움직임이 봉해지고, 오감이 닫히고, 갇혀서, 얼마나 지난 것일까?

괴물 놈들이 노리개 삼았는지, 그조차도 없었는지. 당신은 알 수 없었다.

그러나 어쨌거나― **돌 속에 있는** 것이다.

그 마음이 부서지고, 그 등불이 다하여 불 없는 재가 되고, 그 영혼은 소실되었음이 틀림없다.

설령 이 벽을 파내고 구조한다 해도, 그것은 그들, 그녀들을 구해 낸 것이 되지 않으리라.

이 모험가들의 모험은, 여기서 끝나버렸으니까.

"……차원이 일그러져 있어요."

대답을 준 것은 방금 전까지도, 한 마디조차 입을 열지 않은 채 묵고하고 있던 당신의 종누이였다.

"4층의, 그 방을 본 뒤부터 계속, 생각하고, 조사했습니다만……."

그녀는 안타까움과 두려움, 그리고 호기심이 한데 뒤섞인 눈동자로, 돌 속의 모험가를 보았다.

분명히, 그렇다. 지금까지 탐색하는 와중에, 몽마(서큐버스)와 조우했던 무렵부터였을까?

꿈속에 서식하는 이차원의 생물이라도, 물질계에서 형태를 이룰 만큼 강력한 개체가 모습을 드러냈다.

당신은 단순히 그것을 미궁의 심부로 나아갔기 때문이라고 생각했다만…….

그 지하 4층의 제단이야말로 미궁의 심장부라면, 과연.

종누이가 뭔가 정보를, 거기서 알아냈다 해도 신기한 일이 아니었다.

"《전이(게이트)》의 함정이 있다는 소문. 실전된 금주. 그렇지만 거기에 걸린 사람 이야기는, 들은 적이 없어요."

과연……. 그런 종누이의 목소리는, 허공이 집어삼켜 사라져 갔다.

이렇게 되어 버리면, 이야기할 입마저 없다.

갑작스레 모험가 파티(일당)가 사라졌다. 형태도 없이. 흔적도 남기지 않고.

따라서 소문이 퍼진다. 《게이트》의 함정. 그러면 날아가서, 도착하는 곳은 어디일까?

―여기, 인가.

당신은 단검을 쥔 채 튀어나온 팔을, 어쩐지 모르게 보면서 중얼거렸다.

여자의 팔일까? 아니면 엘프라면 남자라도 이런 가는 팔인가? 당신은 알 수 없었다.

당신들이 지금 이 자리에서 전멸한다 해도, 다음에 찾아오는 모험가도 그리 생각할 것이다.

이미, 그저 주검이다. 대답도 없다.

"조심해요. 뭐가 나올지, 알 수 없어요."

당신은 종누이에게 수긍하고, 한 번 호흡을 정돈한 다음 호령을 내렸다.

지하 9층에서 그 앞으로 나아가는, 계단이든 승강기든 찾아내기 위해서도 안으로 나아가야 한다.

자신과 여전사, 하프 엘프 척후가 앞에. 종누이와 여주교, 미르미돈 승려는 후열에.

그리고 당신의 파티는 대열를 짜고, 《죽음의 미궁》 안쪽을 향해 걷기 시작했다.

구불구불한 통로를 나아가, 가장 안쪽 문을 걷어차 열고 묘실로 뛰어든다.

기척은 없다. 적의 형체도 없다. 더욱이 안쪽 문을 찾아내고, 앞으로, 앞으로.

그렇지만, 당신은 진지하게 「차원이 일그러져 있다」라는 말의 의미를 생각해봐야 했다.

당신들은 자신이 어디에 발을 들였는지, 몸소 통감하게 된다.

묘실 안에 우뚝 선 거대한 그림자.

검푸른 그것은, 피부가 없고, 강인한 근섬유 다발을 고스란히 사람 모양으로 만든 것 같은 이형이었다.

아니, 결코 그것은 사람을 모방한 것이 아니다. 그들에게, 살육하기에 좋은 형태인 것뿐이다.

뒤틀린 뿔. 거대한 손톱. 날카로운 송곳니. 형형하게 타오르는 눈동자. 감정이 없는 살의만 담긴 시선.

꺼림칙한 냄새와 냉기를 두른 그것은, 결코 당신들 차원에 있어도 되는 존재가 아니다.

“그…… 그레이터 데몬(상위 마신)……?!”

무리를 이룬 그 위협 앞에서, 종누이의 입술에서 비명과도 비슷한 소리가 흘렀다.

그렇다, 이미 여기는 인계가 아니다.

—절멍이차원(데드 스페이스)이다.

§

“GURRRRRR……!”

거대한 괴물이, 당신들을 가늠하듯 내려다보고 있었다.

그 눈동자에는 명백하게 지성의 빛이 있다. 그러나 사람은 이해

불가능한 이성의 색이 타오르고 있었다.

마신. 사람과 다른 차원에서 현세로 현현하는, 사방세계에서도 가장 위험한 괴물의 하나.

애당초 살아있는 법칙이 다르다. 상호이해 따위는 할 수 있을 리가 없다.

아니, 단 한 가지. 당신들 모험가와 마신놈들 사이에서, 통하는 것은 있었다.

만난 이상— 죽이지 않으면, 죽는다.

"몇 마리, 있는 거야……?!"

"모르겠다!"

여전사, 하프 엘프 척후가 이어서 외쳤다.

"어둠 속에가, 우글우글하고 있대이……!"

"조심해요, 그 밖에도 뭔가 있어요……!"

여주교의 경고 전반은 말할 것도 없고, 후반은 중요한 점이었다.

당신은 만도의 자루에 침을 뱉어 손바닥에 길들이면서, 쓱, 발을 끌어서 묘실의 위협과 대치했다.

검푸른 마신 놈들은, 당신들이 보기에는 거인과도 같았다.

우뚝 선 위용은, 그대로 피아의 기량 차이를 이야기하는 것 같다는 생각을 떨칠 수가 없다.

물론, 당신도 상위 마신은 알고 있다.

누구나 그 이름을 알고 있는 무시무시한 마신— 이름 있는 마신에는, 미치지 못한다.

그렇다고 결코 뒤떨어지는 것은 아니다. 다시 말해서 모험가와 마찬가지다.

세상에 알려질 만큼의 무훈을 아직 이루지 못한, 언젠가는 올리게 될, 영웅 후보생.

그곳에 실력의 차이는 없다. 그저 단순히, 기회가 없었을 뿐.

그렇다면, 과연 분명히 결정적인 차이일지도 모르지만―.

"놈들, 동료를 부를 게다!"

미르미돈 승려가 등뒤에서 당신을 향해 턱을 울렸다. 동료. 그렇군. 성가시다.

"어쨌거나, 어서 해치우지 않으면 귀찮아진다……!"

당신이 그래하고 외치는 것과, 적이 움직이는 것이 거의 동시였다.

"SHUUUUUUU……!!"

그것은 마신이 아니었다. 마신의 발치에서 뛰어들어오는, 정체불명의 존재.

당신이 휘두른 만도는, 괴물의 날카로운 손톱 끝을 베어내고 그 두개골에 칼날을 박아 넣었다.

부드러운 손맛과 함께 두개골과 뇌를 베어낸 칼날에, 달라붙은 것은― 재다.

당신에게 덤벼들었던 괴물은, 기세 그대로 그 몸을 재로 바꾸며 풀썩 투구 위에서 쏟아져 내렸다.

마지막으로 당신의 발치에 뾰족한 송곳니가 굴러 떨어져 튕기고, 재가 되어 무너졌다.

―흡혈귀!!

"아니, 아직 그 정도에 이르진 못했어요! 야귀입니다!!"

"《해주》— 아니, 마신 놈들의 술법을 봉할까? 어느 쪽이든 상관없다!"

후열에서 들리는 성직자들의 의견에 맡긴다고 부르짖고, 당신은 전투 속으로 뛰어들었다.

"DAEMOOOOOOONNNNN……!!!!"

전위인 당신들의 역할은 후위에 적이 다가가지 못하게 하는 것이지만, 당신이 상대하는 건 상위 마신이다.

올려다봐야 하는 거체를 앞두고 공격하기 어렵기만 한데, 정강이라도 한 번 베어주지.

우글우글 기어 나오는 야귀 놈들도 성가시지만, 이 거체를 뒤로 보낼 수는 없으리라.

무엇보다—.

"영, 차……앗!!"

강철 신발이 경쾌한 소리를 내며, 망자 놈들의 무리를 향해 하드우드의 창을 휘두르는 여전사가 있다.

축복받은 그 창이 혼자서 춤추듯 창날이 번득이며, 모조리 야귀를 꿰뚫지 않는가!

"아핫!"

오랜만에 들은, 그녀의 쾌활한 웃음 소리.

"이거, 굉장해애~."

"그카믄, 때리는 건 누님한테 맡기고 내는 휘젓는 편이 좋겠대이!"

척후의 양손에서 나비 단검이 번득이고, 야귀 놈들의 공격을 받아 흘려낸다.

그는 때때로 주먹이나 차기를 해서 적의 자세를 무너뜨리며, 야귀의 무리를 희롱한다.

그 모습을 곁눈질로 보고는 있었지만, 당신도 눈앞의 적에게서 의식을 뗄 수 있을 리 없었다.

당신은 만도를 양손으로 움켜쥐고 간격을 재다가, 이때다 싶어 파고들어 검을 휘둘렀다.

그러나 신체능력에 의지할 수밖에 없는 당신에 비해, 더욱 앞서고 있는 마신은 방심하지 않고 같은 전장을 고르지 않았다.

“DEEEEEEEEVILLL……!!!!”

이계에 사는 자들이 호흡하듯 행사하는 것은, 무시무시한 마도나 주술이었다.

당신이 우선 느낀 것은, 온몸을 갈기갈기 베는 것 같은 날카로운 통증.

울부짖은 마신이 내민 손바닥에서, 칼날 같은 갈고 닦인 냉기와 빙설이 덮쳐온다.

우박에 서리가 자갈처럼 당신을 때리고, 얼어붙는 추위는 눈에 띄게 당신에게서 목숨의 열을 빼앗는다.

귀가 새되게 울리며 소리가 사라지고, 세상이 어둡게 줄어드는 가운데, 그래도 당신은 만도를 움켜쥐고 놓지 않았다.

왜냐하면 당신의 파티(일당)에도 마도에 뛰어난 자가 있기 때문이다.

“……윽! 《무시카(음색)…… 콘킬리오(접속)…… 테르프시코레(무도)!!》”

노래하듯 속삭이는 영창과 함께, 상위 마신의 두 발이 저절로 춤을 춘다(실리 워크).

《댄스》의 술법. 통했다! 종누이가 쾌재의 미소를 지었다. 이심전심. 이 기회를 놓칠 당신이 아니다.

당신은 미약하게 약해진 눈보라의 틈으로 달려가, 힘차게 땅바닥을 박차고 뛰어올랐다.

원숭이처럼 허공에 뛰어오른 당신의 노림수는, 이미 정강이 따위가 아니다.

어떠한 괴물이라 해도, 목이 떨어지면 죽는 법이다— 목이 있다면.

열화 같은 기합과 함께 당신이 휘두른 만도는 우선 상위 마신의 어깨를 얕게 끊었다.

그리고 검푸른 피보라가 뿜어져 나오는 가운데, 낙하하면서 방향을 바꿔 휘둘러 올린 칼날이 목덜미를 찢었다.

“DAAAAAAAAAEMMMMOOONNN……?!”

단말마의 외침을 지르며, 쿠웅 굉음과 함께 무너지는 거대한 그림자. 우선 하나.

—**우선** 하나!

상위 마신을 상대로 이런 말을 하다니, 당신은 자신의 기량이 숙달된 것에 쓴웃음을 금하지 못했다.

“해치운다……!”

여전사가 휘파람을 불면서, 춤추듯 발을 움직여 하드우드의 창을 내밀었다.

그 창날이 주인을 따르는 사냥개처럼 송곳니를 드러낸 것은, 야귀— 가 아니다.

검은 복장을 입은 복면의 남자, 뾰족한 두건의 시노비— 닌자 두

령이다!

과거에 대치한 호랑이 가면을 쓴 자마저도 넘어서는, 사마귀 같은 움직임으로 목을 베어내는 강자들이다.

그러한 자가 전투를 하는 와중에, 미궁의 어둠을 틈타 다가오는 것은, 오싹한 일이다.

당신은 여전사가 등을 맡아주는 것에 감사를 품으며 이어서 마신 놈들과 대치했다.

그러자—.

"DAEMOOOOOONNNNN……!!!!"

참을성이 바닥난 상위 마신 놈들은, 그 거목과 닮은 팔을 내밀어 다시 눈보라를 뿜어냈다.

그 치사에 이르는 냉기의 근원은, 이차원의 제9층 한탄의 강에 근원이 있다고 들었다.

영구의 빙하에는, 천년 전에 세상을 뒤덮은 꺼림직한 사신, 공포의 왕이 봉인되어 있다는 것이다.

그렇다면, 이것도 차원이 일그러져 있다는 증거가 아닐까……?

"힉, 윽……으으……윽?!"

묘실을 얼음에 가둬버리려는 그 눈보라는, 당연히 후열에마저 송곳니를 드러낸다.

여주교의 억누른 비명에 당신은 마신을 베려 하지만, 강인한 근골에 칼날이 튕겨나가고 만다.

방금 전에는 운이 좋았나? 아니, 종누이의 지원이 있었던 덕이다.

그 종누이는 지금, 다음 술법에 집중하고 있다. 그렇다면 시간을 번다. 해야 할 일은 마찬가지다.

첫째로, 그 소녀는 당신이 생각하는 만큼 나약한 처녀도 아니리라.

"타, 앗!!"

"OUURGGGRERRR?!"

귀여운 목소리에 안 어울리는 타격음. 비틀어 올리는 천칭검의 사슬 소리.

추위에 이를 떨면서 꺾일 듯한 무릎에 힘을 넣고, 그녀는 야귀에게 치명의 일격을 가했다.

부서진 두개골에서 피와 뇌수를 뿌린 야귀는 재로 변하고, 눈보라에 뒤섞여 사라진다.

그 몸에 쏟아지는 재를, 보이지 않는 탓인지 혐오의 표정으로 여주교는 떨쳐냈다.

여전사가 시노비에게서 창날을 뽑아내고, 힐끔 돌아보며 소리를 높였다.

"미안해애, 한 마리 빠져나갔어!"

"괜찮, 아요!"

전열의 세 사람이 막아내기에는, 다소 적이 많았다. 이것만큼은 어쩔 수 없다.

당신이 마신을 맡으며 모두에게 대처를 지시하고, 또다시 그 거체에 칼날을 때려 박았다.

근육섬유 다발이 찢어지고 검푸른 이계의 피가 떨어지면서도, 눈보라의 기세는 쇠할 줄 모른다.

아니, 마신이라 해도 정신이 팔릴 것이다. 그거면 된다. 당신은 혼자서 싸우고 있는 것이 아니다.

"《검의 군주여, 보아야 함을 보고, 말해야 함을 말하는 자에게 수호의 가호를!》"

─그것 봐라!

여주교가 창백한 입술로 읊어낸 기도는, 올바르게 천상의 신들 곁에 닿아 당신들의 목숨을 구한다.

신성한 수호의 장막이 눈보라의 추위를 가로막고, 당신은 곱은 손에 힘을 주어 정확히 노려 베었다.

한 번, 두 번. 반복하고, 반복해서, 당신은 마신의 거대한 팔에 칼날을 휘둘러, 상처를 새긴다.

아까 전 같은 회심의 일격 따위, 노릴 필요는 없다.

얕힌 상처라 해도, 거듭하면 집중력은 깎여나가고 치명적인 틈이 생긴다.

"여러분, 지금, 회복을─!"

"아니, 그보다 우선 상대의 술법을 봉해주세요! 두 발째가 오면 위험합니다!"

"맞추거라! 데몬이라 하면, 주문을 봉하면 약체화할 것이야!"

"부탁드려요!!"

그리고, 그 틈을 만드는 것은 당신이 아니라도 된다. 안 그러면 무엇을 위한 파티란 말인가!

당신들이 몸을 던져 적을 막고 있는 가운데, 후열의 모두도 또 다시 필사적으로 싸우고 있는 것이다.

"《돌고 돌아 바람이 되는 나의 신, 우리들 가는 길의 대화를, 부디 내밀히 하소서》!"

"《그대들에게, 묵비의 빛 있으라》!"
라이트 투 리메인 사일런트

청량한 바람, 햇살의 빛과 같은 신기가 묘실을 가득 메우고, 마신 놈들이 눈을 부릅뜬다.

숨 쉬는 것처럼 마도를 짜내는 괴물놈들에게서, 그 주문의 힘을 빼앗는 것이 얼마만큼 어려운 일일 것인가?

진정으로 힘 있는 말을 다소나마 익힌 당신도, 그것이 상상을 넘어서는 난이도라는 것은 상상이 된다.

그것을 당신 파티에 있는 두 명의 성직자는, 참으로 간단히 해낸 것이다.

그리고 당신의 동료는 그 두 사람만 있는 것이 결코 아니다.

"─?!"

"으랏차! 잡았대이!!"

경쾌한 외침과 함께, 색을 가진 바람이 묘실의 바닥을 미끄러지듯 내달렸다.

하프 엘프의 양손이 쥐고 있는 것은, 나비의 날개처럼 번득이는 두 자루의 단도.

그것이 두 번 깜빡이자, 파란 피가 유성의 꼬리처럼 길게 뻗는다.

곧장, 두 마신이 크게 기울어졌다. 당신이 처음에 노린, 양다리의 힘줄을 끊어낸 것이다.

"늦었, 거든!!"

여전사가 그 기회를 놓치지 않는다는 듯, 그 유연한 사지를 활처럼 당기고 뛰었다.

과연 주문이 봉인되고 자세가 무너진 마신놈들에게, 그녀의 미모를 볼 여유가 있었을까?

말을 빼앗긴 마신 놈들을 비웃는 것처럼, 하드우드의 창이 휘리리 바람 가르는 소리를 노래했다.

그 음색은 치명적 일격(크리티컬 히트)이 되어, 마신의 심장을 꿰뚫었다.

"—?!"

"아하핫. 무슨 말 하는지, 전혀 모르겠네?"

분수처럼 뿜어져 나오는 검푸른 피는, 미소를 지은 여전사의 가녀린 얼굴에 닿지 않는다.

그녀가 강철 신발로 마신의 가슴팍을 박차고 물러나자, 그 차기가 결정타가 되었는지 마신이 무너졌다.

나머지, 하나.

당신은 곧장 미끄러지듯 마지막 마신에게 몸을 던져 그 간격을 좁혔다.

방금 전까지 몇 번이고 칼날을 휘둘러 상처를 새긴 것은, 딱히 소용없는 공격이 아니다.

당신은 분명하게 힘줄을 파악하고 있었다. 이계의 마물이라 해도, 골육의 구조는 변함이 없는 모양이다.

애도가 이끄는 그 길을 따라서, 당신은 칼날을 세워, 스르륵 팔을 휘둘렀다.

낮게 파고들어 바람이 일으키는 들불처럼 베어 올리고, 그 자루에 손을 대고 빙글 비틀었다.

반전한 칼날의 기세 그대로, 더욱이 한 걸음 파고들어 당신은 크게 내리 휘둘렀다.

좌악. 손맛이 있다. 짚더미를 베는 것과도 같다. 마신의 팔 두 개가, 팔꿈치에서부터 날아간다.

정확히 노려 똑바로 당기면, 그 칼날은 근육도 뼈도 베어내는 법이다.

"—?!"

곧장, 마신이 소리도 없이 목을 떨면서 그 어중간한 양팔을 크게 휘둘렀다.

마구잡이로 날뛰는 그 움직임은 조잡하지만, 그 거체가 폭력을 위협으로 변환한다.

당신은 팔에 짓눌리거나 혹은 발에 짓눌리지 않도록 거리를 벌리고, 방심하지 않고 만도를 다시 겨누었다.

무시무시한 마신이 지성 없는 괴물처럼 휘두를 리도 없다. 뭔가 있다. 뭔가—.

"동료를 부를 셈입니다!"

퍼뜩 고개를 든 여주교가, 그 예민한 감각으로 무엇을 포착했는지 날카로운 목소리로 호소했다.

그녀의 판단을 의심할 이유는 당신에게 무엇 하나 없다.

그녀 정도의 역량을 가진 성직자를 당신은 두 명밖에 모르며, 주문술사도 두 명밖에 모른다.

그중 한 명인 미르미돈 승려가 방심 없이 턱을 울리고, 종누이는 짧은 지팡이를 겨누고, 진지한 눈빛.

—차원의 일그러짐.

당신은 그것을 감지할 수 없다. 그러나, 이계에서 동료를 부르면 큰일이다.

"어쩔 거냐? 어차피 처치한다. 늘려서 사냥할까? 어느 쪽이든 좋다!"

"늘어나면 귀찮다 안하나. 해치우는 게 좋대이!"

하자! 당신의 결단은 빠르고, 그것을 받은 종누이의 움직임 또한 신속했다.

파티의 주술적 자원을 홀로 관리하는 그녀는, 짧은 지팡이를 치켜 들고 외쳤다.

"맞춰 주세요!"

"네!"

여주교가 응하며 천칭검을 들었다. 잇달아서 세 번의 주문 행사다. 소모가 현저할 것이다.

당신은 재빨리 종누이에게 눈짓을 했다. 그녀의 끄덕임. 당신은 주저 없이, 한 손에 주인을 맺었다.

영창하는 진정으로 힘 있는 말은, 고작 셋.

"《웬토스》!"

"《루멘》!"

—《리베로》!

다음 순간, 질풍과 함께 해방된 빛과 열이 거듭해 묘실을 뒤덮었다.

마계의 핵에서 뽑아낸, 압도적인 원초의 위력은 틀림이 없다.

만물의 근원인 힘에 저항하고자 하면, 리자드맨이 전승으로 전하는 검은 비늘의 폭풍을 부르는 자쯤은 되어야 하리라.

마신이, 야귀가, 혹은 어둠에 숨어있는 괴물이, 아무리 저항해도

© lack

그것은 모두 무위로 끝난다.

빙설이 녹아 사라지듯, 괴물놈들은 비명도 지르지 못하고 티끌이 되어 소실^{로스트}된다.

그 뒤엔 그저, 이글이글 피부를 태우는 남은 열만이, 휘몰아치는 바람을 타고 떠돌 뿐이다.

묘실 안에 괴물이 있던 흔적은, 어느샌가 나타난 보물상자밖에 남지 않았다.

당신은 폭음의 잔향이 귀에서 빠져나갈 때까지 방심하지 않고 대비하며, 아플 정도의 정적이 돌아오자 그제야 숨을 내쉬었다.

만도의 피를 떨쳐내고, 동료들의 상태를 확인한다. 언제나 그렇듯 당신의 습관이다.

"뭐, 상위 마신이라면 얼추 이 정도 아니가."

"주문만 없으면, 그저 수만 많으니까."

하프 엘프 척후가 경쾌한, 그러나 방심 없는 동작으로 보물상자로 다가가고 여전사가 웃음을 굴렸다.

고양이 같은 표정으로 검은 머리를 쓸어 올리는 동작은 반쯤 허세라고 해도, 상처를 감추는 것은 아니다.

평소와 같은 자신이고자 하는, 일어서기 위한 모습이다. 문제없으리라.

"어느 정도까지 왔나요? 지도를 보고 싶은데요."

"아, 네. 저 지도가 아직 중간이라…… 잠시만 기다려 주세요."

그리고 여주교의 상태는, 종누이가 자주자주 확인을 해준다. 고마울 따름이다.

급하게 가방을 연 여주교는, 직전에 넣은 접어둔 양피지를 꺼냈다.

그저 손의 감각만으로 발을 들인 이 묘실의 지형을 그려내는 것이니, 참으로 훌륭하다.

"세로로 둘, 가로로 둘, 이면……."

"숨겨진 문이 있을 지도 모른다. 나중에 찾아보지."

"네. 《홀리 라이트》를 준비해야겠어요……."

그러나, 다소 과하게 분발하는 부분이 있을지도 모른다.

미르미돈 승려가 머리 위에서 들여다 보며 말하자, 병아리가 그러는 것처럼 여주교는 끄덕끄덕 고개를 움직였다.

그녀는 방금 전 전투에서 잇따라 두 번, 세 번이나 술법을 행사했다.

종누이가 중얼대는 것과, 여주교의 작업이 끝나는 것이 거의 동시.

"여기요. 이제 9층의 중간 정도까지 왔다고 생각한답니다."

"고마워요."

그녀가 내민 지도를 받은 종누이는, 타박타박 당신을 향해 달려왔다.

중간 정도— 그렇지만, 탐색은 이제 시작한 참이다.

예상대로, 종누이가 신이 나서 들어올리며 내민 지도도 오른쪽 아래 부분만 채워져 있었다.

그러나 지금까지 미궁의 양상을 생각하면, 세로로 나아간 것이 절반쯤이라고 말 못할 것도 없으리라.

어때요? 자랑스런 표정의 이면에서, 종누이의 표정은 진지함 자체였다.

그래서 당신은, **육촌**은 이렇다니까, 라며 보란 듯이 한숨을 내쉬었다.

"제가 누나거든요?!"

그녀가 펄펄 거창하게 화를 내는 것에 맞추어 당신은 씨익 웃고, 여주교에게 턱짓을 했다.

벽에 기대어 안도한 듯 작은 가슴을 쓸어 내리며 숨을 내뱉은 그 아가씨에게, 약간의 피로가 보였다.

당신의 귀에도 「호오」 하는 희미한 숨소리가 들렸다. 그 다음 중 얼거린 말은, 안 들렸지만.

―짧은 휴식이라도 취하는 게 좋겠군.

"그래요."

육촌이, 다 안다는 표정으로 수긍했다.

"힘든 싸움이었으니까요!"

그렇지만, 그러한 여유가 이 지하미궁에서 주어지는 경우는 꽤 드물다.

당신들이 짐 안에서 성수를 꺼내 진을 그리려는, 그 직전에.

―끼리리리덜컹. 끼리리리덜컹.

금속판이 대지를 때리는 기이한 소리가, 통로 안쪽에서 당신들에게 다가오고 있었다.

§

그것은 광대가 연주하는, 불가사의하고 수상쩍은 악기 같은 음색이었다.

그리고 소리의 근원인 존재 또한, 마찬가지로 기괴한― 기묘한 동

113

물이 틀림없었다.

끼리릭 시끄러운 소리와 함께 나타난 그것은, 거대한 강철의 상자였다.

그것이 기사의 갑옷 철판이 스치는 것 같은 소리를 내며, 기묘한 뱀 같은 다리를 움직이며 꿈틀대고 있었다.

언뜻 보기에 마차나 전차 같은 식이지만, 말이 끌고 있을 리도 없었다.

무엇보다 미궁을 배회하는 이상, 그것은 틀림없이 살아서 움직이는 괴물이 틀림없는 것이다.

"뭐."

갈라진 목소리를 흘린 것은, 하프 엘프 척후였다.

"고, 저건……."

당신들은 갑작스런 일이라지만, 신속한 움직임으로 묘실 구석에 몸을 숨기고 숨을 죽였다.

전투 직후다. 정체 모를 것에 기습을 당하면 못 당해낸다.

그렇게 판단해서 한 행동이었지만, 틀리지 않은 모양이다. 당신도, 척후와 마음은 같았다.

—저것은, 뭐지?

"모르겠어요……."

절레절레. 공포에 갈라질 것 같은 목소리를 억누르며, 여주교가 속삭였다.

그녀의 오감으로는 다가오는 무언가가 위협이란 것은 알 수 있어도, 그 이상은 어려운 것이리라.

"저는, 도무지……."

겁먹은 기색의 그녀에게, 당신은 고블린이 아니라고, 농담도 되지 않는 말을 중얼거렸다.

여주교의 얼굴에, 약간 굳어지긴 했지만 미소가 보였다. 「네」 하고 끄덕인다. 일단은 됐다.

"최근에, 책을 읽고 있었지. 뭔가 실려 있었던 건 없나?"

"마신의 생태에 대해 자세히 아는 자는, 마신 정도밖에 없을 테니까요……."

그런 한 편으로, 미르미돈 승려와 종누이가 서로 마주보며 상대의 정보를 묻고 있었다.

종누이가 요전에 입수하여 애독하고 있는 이국의 주문서에는, 갖가지 기술이 있었지만…….

허어. 악귀나찰에 대해서는 어떠했을까? 그렇지 않아도, 종누이는 박식하다지만.

―아니, 잠깐. 지금, 뭐라고 했지?

"……그저, 네, 맞아요."

당신의 의문에, 종누이가 고개를 끄덕였다.

"저것은, **마신**입니다."

이거야, 참으로. 당신은 신음하듯 중얼거리고, 한 번은 칼집에 넣은 만도에 손을 올렸다.

이 세상의 것이 아니라고 생각은 했지만, 저러한 이형도 마신의 영역에는 배회하고 있는 것인가?

"어쩔 거지? 죽일까?"

미르미돈 승려가 평소처럼, 담담한 어조로 당신을 향해 턱을 울렸다. 어느 쪽이라도 상관 없다고.

"……응, 딱히 싸울 필요 없는 거 아닐까?"

그에 비해, 여전사의 고혹적인 속삭임. 방울이 울리는 것 같은 웃음 소리가 귓가를 간질인다.

당신은 문득, 언제였던가 싸운 몽마의 속삭임을 떠올렸다. 어째서일까? 아아, 아니, 다르다.

힐끔 곁눈질로 살핀 여전사의 가녀린 얼굴에, 겁먹은 기색은 없다. 평소와 같은, 고양이 같은 표정.

"왜냐면, 미궁의 가장 안쪽에 갈 거잖아? 괜히 싸울 필요, 없지 않을까……해서."

그것이 의식해서 하는 것인지 자연스러운 것인지는, 당신도 판단이 안 되었다.

그러나, 굳이 그렇게 행동해주는 것은 늘 보이는 그녀의 자세다. 고마운 일이다.

한 가지 의견밖에 모르는 집단은 위태롭다. 당연한 일이다.

당신은 팔짱을 끼고, 생각하고, 기이한 소리를 내며 묘실을 배회하는 강철의 악마에게 눈길을 보냈다.

저것은 어떻게 주위를 지각하고 있는 것일까…….

"글쎄다…… 눈이 있는지, 귀가 있는지……."

하프 엘프 척후가 팔짱을 끼고 신음했다.

탁월한 척후가 된 그라도, 아무래도 얼굴 없는 괴물의 지각을 통과하는 법은 생각해볼 필요가 있다.

"얼굴 같은 거이가, 없다 아이가."

"냄새일지도 몰라요!"

"기라면, 우리 죄다, 진작에 들켰을 기다."

종누이의 발언에 「날카롭대이」 하고 웃은 척후는, 한 번 고개를 끄덕이고 말했다.

"다시 말하믄, 숨어서 말하고 있는 우리를 발견 몬하는 기다. 방심은 몬해도."

그렇군. 당신은 척후의 분석에 답을 하고, 주의를 기울이며 마신의 상태를 계속 살폈다.

무슨 생각을 하는지―에 대해서는, 사는 차원이 다른 이상 생각해봐야 무의미하다.

묘실을 어슬렁거린다. 그곳에 적이 있다. 그걸 고려해서, 상대가 어찌 움직일 것인가…….

당신은 말없이 만도의 칼집을 더듬어, 부속해둔 작은 칼을 뽑았다.

"뭐야아? 급소라도 찌를 셈?"

빼꼼 어깨 너머에서 당신의 손을 들여다본 여전사가, 키득키득 지저귄다.

설마. 당신은 입가를 풀었다. 가옥 안의 투쟁용으로 미약하게 단도술의 소양이라도 있다면 좋았겠지만.

당신은 그 작은 칼을 고양이과 맹수 같은 손놀림으로 쥐고, 엉뚱한 방향을 향해 훌쩍 던졌다.

작은 칼날은 묘실의 어둠을 꿰뚫고서, 저 너머의 윤곽선에 부딪혀 쨍하고 튕겼다.

곧장, 강철의 악마가 움직였다.

빙글하고 머리 —일 것이다, 아마도— 를 돌리더니, 그곳에 돋아
난 뿔이 포효했다.

아니, 뿔이라고 생각한 것은 당신의 착오였다. 그것은 아마도 마
법의 지팡이 같은 무언가였으리라.

그것은 폭음을 울리는 것과 동시에, 맹렬한 기세로 불꽃을 뿜어냈
으니까.

“—?!”

귀를 찢는 충격음에, 견디지 못해 여전사가 귀를 막고 억누른 비
명을 질렀다.

당신도 투구 안쪽에 쾅쾅 울리는 그것은 당해낼 수가 없다. 표정
을 찌푸리고, 웅크릴 정도였다.

동료들을 봐도 비슷한 모습이지만, 미르미돈 승려만큼은 그리 크
게 동요하지 않았다.

폭발이 울려 퍼질 때마다 살랑살랑 촉각이 흔들리기만 하고, 당신
은 그것을 조금 부럽다고 생각했다.

“그저 불꽃의 숨결^{브레스}—인 것은, 아니겠군.”

“뭐라, 고요……?”

턱을 울리며 한 발언에, 머리를 흔들면서 종누이가 물음표를 올렸다.

아마도 정말 안 들렸을 것이다.

강철 마신의 공격이 끝난 다음, 뭉게뭉게 피어 오르는 분진 속에
서 당신은 신음했다.

누가 뭐래도 아무 소리도 안 나고 있을 텐데, 귓속에서 키이잉하

고 새된 소리가 울리고 있었다.

정말이지, 못 당해낸다. 무슨 저런 놈이 있는가!

"저것은 주술탄 같은 것일 게다."

당신이 이걸 어떡하나 신음하고 있는 옆에서, 마찬가지로 촉각을 세운 미르미돈 승려가 중얼거렸다.

"독인가, 마비인가…… 혹은 석화일지도 모르겠군. 주술탄을 세찬 비처럼 쏟아내고 있는 것은 틀림이 없다."

"어느 쪽이든, 맞으면 끝장 아니긋나."

하프 엘프 척후가 그렇게 말하고 어깨를 움츠리지만, 무리도 아니다.

상대가 소리, 그리고 눈(뭐가 보이는지는 넘어간다 치고)을 쓰고 있다고 해도, 저래서는.

"주술탄, 기묘한 소리, 숨결, 기묘한 발소리……."

그러나 여주교에게는 아니었던 모양이다.

반대로 시각에 휘둘리지 않는 그녀는, 입술에 가는 손가락 끝을 대고서 중얼중얼 생각에 잠기더니 이윽고 말했다.

"지옥의 광대……가 아닐까요?"

"아~. ……듣고 보니!"

퍼뜩 무릎을 때린 종누이가 끄덕끄덕 수긍하지만, 이쪽은 글쎄, 알 수가 없다.

그러한 마신이 있는 거냐고 당신이 묻자 「뭐~, 기록은 적지만요」라고 한다.

"광대의 악기 같은 음색과 함께 찾아오는, 정체 모를 마신이라고 적혀 있었어요."

그런 존재와 만난 거라면 흥미롭기는 하지만, 딱히 몬스터 매뉴얼[괴물 사전] 편찬을 하러 온 것이 아니다.

지금의 당신들이 알고 싶은 것은, 저 괴물을 어떻게 해야 죽일 수 있는가 그 한 가지뿐이었다.

"우으~응…… 말한 것처럼, 그다지 만난 사람이 없어서, 문헌도 그다지……."

종누이는 어렵다는 표정을 하고 생각에 잠겨 버렸지만, 그러나 당신은 조바심 낼 것 없이 그녀의 대답을 기다렸다.

뭘, 정체불명, 애매모호한 것이 아니라는 것을 안 것만 해도 고마운 일이다.

저 괴물을 상대하고 살아남은 자가 없는 것이 아닌 것이다. 기술[데이터]이 있는 것이라면, 죽이는 것도 가능하리라.

잠시 지나, 미간과 관자놀이를 꾹꾹 누르고 있던 종누이가 자신없는 기색으로 이쪽을 보았다.

"……보이는 것과 달리, 본체는 혀라던가, 안에 꽉 차 있는 슬라임[점균]이라던가……?"

"우에에에……."

여전사가 표정을 찌푸렸다. 어쩌면 울 것 같은 표정을 지었다. 어느 쪽이든 한심스런 목소리였다.

당신은 쓴웃음을 지으며 그녀의 등을 가볍게 두드려 주고, 저 갑옷을 뜯어내면 어떻게든 된다, 라는 결론을 내렸다.

저 무시무시한 주술탄을 피하면서, 다시 조우하는 것을 두려워하며 탐색하는 것은 현실적이지 않다.

─저 강철의 악마를 쳐서, 부순다.

지하 10층에 가기 위해 무엇을 해야 하는가는, 명백했다.

"다시 말하믄, 저 방해꾼을 어떻게든 해야 하는 기라."

키릭키릭 기괴한 선율과 함께 배회하는 괴물에게, 하프 엘프 척후는 날카로운 시선을 보냈다.

아니, 그가 부감하는 것은 전장이 될 수 있는 묘실이리라.

어떻게든 해서 접근하고 싶다고, 당신은 중얼거렸다.

저 갑옷인지 껍질인지를 뜯어내지 못하면, 승기가 없다.

주문으로 갑옷 바깥에서부터 쪄 죽이는 것은, 그다지 기대할 수 없으리라.

그렇다면─ 차폐물이 필요해진다.

만도나 창을 지고서, 정면으로 돌격하여 어떻게 될 것 같지는 않았다.

"그렇지만, 저 주술탄을 쏘잖아요. 저의 《프로텍션》이라도 막아낼 수 있을지 없을지……."

그래도 모두가 부탁하면 주저 없이 기적을 행사할, 여신관의 기특한 말.

그 말에 하프 엘프 척후가 눈을 꿈벅하고서, 엄지손가락으로 묘실을 가리켰다.

"벽이야, 안 있나?"

"네……?"

그녀의 보이지 않는 눈동자가, 금방 그것을 판별하지 못한 것도 어쩔 수 없는 일이다.

당신들의 몸을 뒤덮어 감출 수 있는 것. 그리고 묘실에 쌓여 있는 벽. 척후의 엄지손가락이 가리킨 곳.

그것은— 상위 마신 놈들의, 싫증이 날 정도로 거대한 시체였다.

§

폭음이 울리고, 연기가 피어오른다. 충격과 열이 바람을 타고 덮쳐오는 가운데, 당신은 하염없이 달렸다.

머리 위에서 쏟아져 내리는 포화가 작렬할 때마다, 드러누운 마신의 시체가 튀기고 혈육이 흩어진다.

"우에에, 상위 마신의 내장……!"

정면으로 내장을 머리부터 뒤집어쓴 여전사가 비명을 지르지만, 직격탄보다는 나으니까 버텨주면 좋겠다.

그건 그렇고 무시무시한 강철의 악마, 지옥의 광대, 그 주술탄의 위력을 보라.

당신이 그만큼 고생했던 마신의 외피를, 참으로 간단하게 날려버리고 있다.

—정말이지. 그 금강석의 기사는, 왕도로 가는 게 보통 난리가 아닌 것처럼 말했었는데.

《죽음의 미궁》 가장 안쪽에 도전하는 이상의 모험이 있을 리 없다. 이게 아직 9층 아닌가?

그러나 그래도 두꺼운 근육의 벽이, 그 괴물의 숨결^{브레스}을 가로막는 데는 충분하고 남았다.

미끄러져 들어간 시체의 뒤에서, 당신은 숨을 헐떡이며 달려온 여전사를 맞이하고 둘이서 몸을 숙였다.

곧장, 굉음과 함께 충격이 마신의 시체를 크게 흔들었다.

"어쩔 거야, 저거어……."

여전사의 목소리가 한심한 것은, 검푸른 체액을 머리부터 뒤집어 쓴 탓이리라.

당신은 나중에 손수건을 빌려줘야겠다고 생각하며, 그렇군, 하고 진지한 기색으로 생각했다.

저 강철의 갑옷 같은 외각이 있다. 어중간한 일격이 통할 리 없다.

그렇다면 틈을 찌르는 것이 상투수단이리라.

상질의 판금 갑옷이라면 관절 부분도 강철로 뒤덮여 있지만, 저것 은 마계의 괴물이다.

어쨌거나 여주교는 쉬고 있어야 하며, 다른 주문도 절약해두고 싶다.

그렇다면— 당신은 여전사에게 말하면서 계획을 정돈하고, 결론 을 내렸다.

역시, <ruby>녹색 용<rt>그린 드래곤</rt></ruby> 때와 같은 방식이리라.

"알았어~. ……후훗."

문득 여전사의 입술에서, 무심코 나온 것처럼 웃음소리가 흘렀다.

당신이 놀라서 그녀 쪽을 보자, 여전사의 투명한 눈동자와 시선이 마주쳤다.

"아니."

그녀는 검은 머리칼을 흔들며 말했다.

"어쩐지, 즐거워져서."

그것뿐이야. 짧은 속삭임과 달콤한 향을 남기고, 그녀의 강철 신발이 바닥을 박차며 달려갔다.

남겨진 당신은, 어안이 벙벙해서 그 등을 배웅하고— 그리고 웃었다.

역시, 이런 것이 잘 맞는다.

해야 할 일은 바뀌지 않는 것이다. 《죽음의 미궁》 가장 안쪽에 도전한다. 그걸 위한 모험이다.

이것만큼은, 금강석의 기사에게도 양보해줄 수 없다.

지금쯤은 왕도에서 고생을 하고 있거나, 아니면 군을 일으켜 이매망량 놈들을 요격하고 있으리라.

어느 쪽이든, 꼴 좋다 해야 할 것이다. 나중에 분함에 발이나 구르라지.

"봐라, 대장! 어쩔 기가!!!"

포격의 틈을 비집고 들리는 하프 엘프 척후의 외침 소리.

은형에 전념하고 있는 그의 모습은, 그림자 하나조차 당신의 눈 닿는 곳에는 없었다.

이 포화라면, 적마저도 소리로 이쪽을 발견하지 못 하리라 짐작하여 연락하는 것이리라.

당신은 주술탄의 착탄음에 지지 않는 대음성으로 휘저으라 말하고, 쏟아져 내리는 혈육에 투구를 눌렀다.

후열의 면면들 모습은, 여기서 확인할 수가 없다. 그러나 뭐 괜찮을 것이다.

종누이와 미르미돈 승려 두 사람이 있는 것이다. 여주교가 무리를 하고자 해도 제지할 수 있을 것이다.

그리고— 그렇다, 아직 9층. 아직 9층이다. 10층, 그리고 검은 옷의 남자가 안쪽에서 기다리고 있다.

여기서 소모를 피하고 싶은 것도, 여주교를 배려하는 것 이상으로 당신의 진심이다.

그러면—. ……거기까지 생각하고, 당신은 또다시 입가가 느슨해지는 걸 느꼈다.

뒷일을 생각하고 있다니, 꽤나 여유가 있지 않은가?

응. —역시, 이러는 편이 좋다.

당신은 차라리 마음 편한 기분이 되어, 만도를 쥐고 마신의 시체 뒤에서 뛰쳐나갔다.

"—!"

강철의 악마가 목을 빙글 돌리고, 주술의 포효를 지르는 뿔, 아니 지팡이가 사선을 바꾼다.

저 괴물은 아무래도 목을 1회전하는 것마저 가능한 모양이지만, 주술탄을 뿜어내는 것은 오직 지팡이에서다.

그렇다면 세 방향에서 다가가면, 단숨에 전멸당하는 일은 없을 것이다.

"—!!"

새된 금속음과 함께, 높은 탑처럼 머리에 돋아난 지팡이^{붐스틱}가 폭발한다.

이것을 재빨리 반응해 피한다—라는 일은 못한다.

누가 뭐래도 빛이나 소리, 적어도 둘 중 하나가 닿았을 때는 발치가 터져나간다.

따라서 당신이 취하는 것은 선의 선. 상대가 움직이는 한 이쪽도 앞서서 움직인다. 계속 움직인다. 그러는 수밖에 없다.

핥는 것처럼 다가오는 불꽃의 혀에서 데굴데굴 구르고 도망쳐 다니는 모습을, 후위의 모두가 어떻게 보고 있을까?

종누이는 조마조마하고 있겠지만, 여주교에겐 보이지 않으리라. 미르미돈 승려는—.

—맞아도 안 맞아도, 어느 쪽이라도 상관없다, 인가.

그런 모습이리라. 당신은 별 쓰잘데없는 것을 생각하면서, 묘실 바닥에 손을 짚고 몸을 일으켰다.

멈춰있을 틈은 없다. 그것은 상대에게 조준을 할 유예를 주는 것이 된다. 그것은 안 된다.

당신은 땅바닥에 부딪힌 공처럼 튕겨서 뛰어, 만도를 쥐고 달렸다.

그건 딱히 생각도 없이 도망쳐 다니는 것이 아니다.

상대가 당신에게 조준을 맞추고 있는 것은, 그것만으로, 당신에게는 고마운 일이다.

"으랏샤, 맛이 어뚯나!!"

그 틈에, 뛰어든 하프 엘프 척후가 괴물의 다리에 나비 단도를 휘둘렀다.

뱀의 배도 이러랴 싶을 기묘한 발이지만, 발인 것은 틀림없다. 파악 힘줄이 찢어지고, 몸통이 기울어진다.

버둥거리는 발이 키릭키릭 바닥을 긁어내며 징그러운 새된 소리를 내는 그것은, 치명적인 공백이다.

"—?!"

당연히, 그것을 놓칠 여전사가 아니다.

"여엉차……!!"

강철 신발이 경쾌한 소리를 내며, 여전사의 몸은 춤추듯 포화를 피해 도약했다.

그 손에 쥐고 있는 하드우드의 창은 지하의 암흑 속에서도 신성하게 번득이며, 괴물의 껍질에 찔러 박혔다.

"—?!"

"아핫!"

여전사가 입술을 핥았다.

"당신도 아프다는 게, 있구나?"

몸집이 작으면서도 체중을 실어, 창을 지레처럼 써서 외각의 틈을 찔러 뜯어내기 시작한다.

빠직빠직. 으직으직. 그것이 강철이 파단되는 소리인지, 껍질이 찢어지는 소리인지는, 알 수 없다.

그렇지만, 강철의 마신에게 명백하게 통렬한 것임은 틀림이 없는 것 같았다.

—따라서, 당신은 달린다.

묘실의 바닥을 박차고, 상위 마신의 시체를 디딤대 삼아 당신은 뛰었다.

갑옷과 장비의 무게, 이어지는 전투에 따른 소모, 그러나 스승으로부터 받은 가벼운 발의 술리가 그것을 웃돈다.

허공을 달린 당신의 왼손은 주인을 맺고, 당신의 입에서 진정으로 힘 있는 말을 자아낸다.

거듭되는 주문은, 그저 셋.

《카리븐클루스》, 《크레스쿤토》, 《야크타》.

손가락 끝에 밝힌 도깨비불을 훌쩍 던지자, 그것은 창백한 꼬리를 끌며 마신의 상처로 뛰어들었다.

투―.

"―?!"

쾅.

배에 울리는 굉음과 함께, 마신의 온몸에서 검은 연기가 푸스스스 솟아 올랐다.

"꺄, 아?!"

그러나 여전사가 무심코 비명을 지른 것은, 그런 것이 원인이 아니리라.

그녀의 눈앞, 불꽃에 휘감긴 마신의 상처에서 뭔가 검붉은 것이 뛰쳐나왔기 때문이다.

뒤룩뒤룩 살찐 슬라임― 아니, 뭔가 정체 모를 생물의 혀처럼 꿈틀대는 무언가.

그것이 여전사의 얼굴을 향해 뛰어올라, 그녀가 비명을 지르며 몸을 숙이자 그 너머로.

"아이코, 도망칠 셈이래이……!"

그 혀가 무엇인지 따위는 알 수 없어도, 그 의도는 명백했다.

척후의 경고에 당신이 돌아보지만, 묘실은 넓고 거리가 멀다.

마물의 혀는 춤추듯 묘실을 기어나가, 그리고 통로로 도약.

"《아라네아…… 파키오…… 리가투르》!!"

그리고 읊어낸 선율로 속박되어, 하얀 점액에 휘감겨 땅에 떨어졌다.

"마신에게 직접 주문이 효과가 없더라도, 간접 주문이라면 상관 없으니까요!"

흐흠. 거친 콧김을 뿜으면서 짧은 지팡이를 겨누고, 풍만한 가슴을 내밀며 승리를 뽐내는 종누이.

아니, 그녀는 등뒤에 여주교를 지키듯 버티고 서 있었다.

정말이지, 참으로 훌륭하다.

—라고, 입밖에 내서 말하진 않지만.

그래도 안도의 마음은 표정에 드러나는 것이리라. 흐흥. 자신감 있는 웃음이 들렸다.

"뭐, 어찌됐든."

거미줄의 덩어리가 되어 꿈틀대는 마신의 혀를, 미르미돈 승려가 무자비하게 내려다보며 턱을 울렸다.

"이 녀석으로 끝이겠지?"

그리고 만도를 때려 박아— 그야말로, 그것으로 끝이었다.

§

얼마간 휴식을 취하는 것은, 자연스러운 흐름이었다.

성수를 이용해 진을 그려 괴물을 물리치고, 제각각의 장소, 제각 각의 자세로 숨을 돌린다.

미궁, 묘실의 한복판이라지만, 끝도 없이 탐색을 계속할 수는 없 다. 필요한 일이다.

—이렇게, 미궁 안에서 휴식을 하는 것도, 벌써 몇 번째일까?

지하 1층을 처음으로 찾아왔을 때는, 어땠을까?

생각해 보면 그 날부터 반복하고 반복해서, 이 미궁에 도전해왔지만…….

그런 것을 생각하면서 당신이 간 곳은, 묘실의 구석에 쪼그려 앉은 하프 엘프 척후 옆이었다.

그는 어느샌가 나타난 보물 상자 앞에 몸을 웅크리고, 일곱 가지 도구를 구사해서 개봉 작업을 하고 있었다.

위험하니까 떨어져 있으라고 했지만, 작업중 옆에서 대기하는 것도 늘 있는 일이다.

"뭐고. 마법의 무구라도 안 나오나 신경 쓰이나?"

당신이 옆에 서자, 하프 엘프 척후가 힐끔 시선을 이쪽으로 보내는 걸 알 수 있었다.

"이런 데서 성스러운 갑옷이다 성기사의 외투 같은 거가 나와도 도리가 없다."

그러나 살아서 돌아가면 비싸게 팔린다. 당신의 말에 척후는 「기는 맞다」라고, 벙긋이 웃었다.

우리들의 파티에게는 딱히 필요 없는 무구지만, 어쩌면 만도 같은 것이 나올지도 모른다.

당신의 농담인지 진담인지 알 수 없는 말에, 척후는 「기다」 하고 수긍한 다음, 조용히 중얼거렸다.

"케도 꿈 같은 일 아니가."

호오. 당신은 숨을 내쉬었다. 그가 자신의 심경을 토로하는 것도, 꽤 드물다.

언제나 파티의 모두를 배려해서, 이것저것 신경을 써주는 것이 그다.

당신은 팔짱을 끼고 벽에 기대면서, 척후의 말을 듣는 자세를 취했다.

이야기를 하고 싶다면, 이야기하면 된다. 듣는 것이 자신의 책무라고, 당신은 그렇게 생각했다.

"고마 먹고 살기 팍팍한 척후래이, 내는 말이다. 모험가 나부랭이 같은 기랄까, 찌꺼기 같은 기다."

한 발짝 잘못 디디면 해결사. 찰칵찰칵 해제 도구를 움직이면서, 그는 말했다.

실제로 당신은 이 척후의 기량을 잘 알고 있다. 해결사가 되어도, 잘 해나갔으리라.

"아이다. 그리 쉽긋나. 아~무래도 여기저기 파티도 들어가 봤는데, 삐치나와뿟다."

쓴웃음을 섞으며, 하프 엘프 척후는 어깨를 으쓱거렸다. 찰카닥. 또 자물쇠 안에서 소리가 울렸다.

그래서 종국에는 마술사의 진노를 사서 나무 위에 있었군. 당신은 그와 처음 만났던 때를 떠올리고, 웃었다.

주문서를 훔쳤다, 안 훔쳤다로 벌레 부르기의 술법에 걸려서, 벌들이 몰려들어 나무 위에 올라가 있던 남자.

당신과 종누이가 성채도시로 오는 길목에서, 지나가는 길에 도움을 청했었는데.

"그기 《죽음의 미궁》 최하층에 안 있나. 참말로, 믿어지나?"

그 전에 죽을지도 모르지. 당신이 말하자, 「어이쿠야」 하고 척후가 괜히 신음을 했다.

그리고 또 한 번 금속음이 울리자, 덜커덕 소리가 나며 보물상자의 뚜껑이 열리고 알맹이가 나타났다.

금화, 재보, 무구. 상당한 수확이 되리라.

"살아서 돌아가가, 이것들 감정을 받아야제."

하프 엘프 척후는, 여주교 쪽을 힐끔 보며 중얼거렸다. 당신은 고개를 끄덕이고, 그의 어깨를 두드렸다.

그걸 위해서도, 놈들의 목을 쳐줘야 한다, 라고.

"너무 기대는 말라."

씨익. 하프 엘프 척후는, 이를 보이며 웃었다. 상어 같은 웃음이었다.

당신은 그가 재화를 주머니에 넣는 건 맡기고, 자기자신의 휴식을 하기 위해 그 자리에 앉았다.

─우리는.

당신은 생각했다. 우리는, 신에게 선택을 받은 것도, 무언가 숙명을 등에 진 것도 아니다.

여전사는 하드우드의 창에 축복을 받았지만, 그것으로「신에게 선택받았다」라고 하는 것은 어리석은 일이리라.

그것을 해준 것은, 교역신의 수도녀다.

그리고 그녀의 말을 빌리자면, 유형무형의 지원을 해주는   것은, 온갖 모든 것이다.

그것과 연결된 것은─ 딱히 당신들이 특별했기 때문이, 아니다.

당신들은, 그냥 모험가다. 다른 자와 무엇 하나 다를 바 없다. 성

© lack

채도시를 방문한 시점에서는.

보통의 전사.

그 종누이.

먹고 살기 팍팍한 척후.

영웅이고자 키워진 소녀.

납세를 위해 몸을 판 아가씨.

자신의 신앙을 귀히 여기는 이향의 승려.

그것뿐이다.

그런 여섯 명이, 지금, 지하미궁의 9층에 내려섰다.

고블린에 겁먹고, 슬라임에 겁을 먹고, 강도들과 싸우고, 시노비에게 목을 베이고, 다른 모험가와 다투고.

그리고 지금, 《죽음의 미궁》에 군림하는 그 검은 옷의 남자의 목덜미에 다가가고 있었다.

기묘하고, 유쾌한 일이다.

세상의 위기 따위, 당신의 머릿속에서는 그다지 의미가 없는데도.

—정말이지, 금강석의 기사에겐 미안하지만.

당신은 만도를 끌어안고 잠깐 졸면서, 그런 생각을 하며, 입가를 풀었다.

§

—이제 그만 가자.

잠시, 지나.

당신은 일어서서, 장비의 잠금쇠를 다시 조이며, 파티의 모두에게 말을 걸었다.

시간 감각은 애매하지만, 금강석의 기사 일행도 슬슬 시작했을 무렵이리라.

만도의 칼날을 점검하고, 자루 상태를 확인하고, 찰칵 소리를 울리며 칼집에 넣었다.

미궁의 독기도, 차가운 돌바닥도, 윤곽선의 압박감도, 지금이 되어서는 참으로 익숙하다.

이 와중에 마음을 편히 먹을 수 있다는 것도, 당신 자신이 숙달된 증좌일지도 모른다.

그리고 그것은 다른 모두도 마찬가지이리라.

앉아서 휴식을 취하고 있던 동료들도 당신의 말에 따라 일어서고, 준비를 시작했다.

"괜찮은가요?"

"……네, 멀쩡하답니다."

멍한 기색이었던 여주교 곁으로, 종누이가 터벅터벅 달려가서 말을 걸었다.

"무슨 일이 있으면 말해줘요. 쟤는 참 정말로 여자애를 어떻게 배려해야 하는지를 몰라."

아이고 그래. 육촌이구나 육촌. 당신은 들리는 간언을 적당하게 받아 흘리며, 미르미돈 승려에게 다가갔다.

그쪽 안배는 어떻지? 행군에 대한 의견은, 모두에게 물어보고 싶었다만.

"어쨌거나, 나아갈지 돌아갈지 정해야 하겠지. 승강기가 그리 멀지는 않을 거다."

그는 낮게 으르렁거리며 말하고, 부스럭거리는 소리를 내며 지도를 펼쳤다.

휴식중에 여주교에게 맡아둔 것이리라. 제도에 관해서, 이 미르미돈은 파티에서 제일의 기량을 가졌다.

그런 그가 날카로운 손톱 끝으로 지도 위를 더듬으며, 통통 현재 위치를 두드리고 말했다.

"진행도를 봐서는 중간이다. 지하 10층으로 갈지, 귀환할 것인지. 나는 어느 쪽이라도 상관 없다."

"되도록 술법은 절약해서 가고 있으니까, 아직은 여유 있나 안카나?"

훌쩍 옆에서 하프 엘프 척후가 지도를 들여다 보고, 가벼운 어조로 말했다.

물론 그는 주문술사가 아니다. 파티의 주술적 자원을 파악하고 있는 것은 종누이다.

따라서 그가 그럴듯한 말을 하는 것은, 모두에 대한 배려란 측면이 클 것이다.

"케도 술법이랑 체력 기력은 또 안 다르나. 뻗어뿌면 이도저도 몬 되니까, 잘 파악해야 한대이."

"어머나아, 벌써 지쳐버렸어어?"

그리고, 여전사가 생글생글 고양이 같은 미소와 함께 휘젓는다.

이제 와서는, 그녀의 자세 이면에 있는 것도 읽어낼 수 있다.

당신이 힐끔 그녀에게 눈짓을 보내자, 여전사는 아리땁게 한쪽 눈을 감았다.

"그러면, 안 되지이. 여자애한테 미움받을 거얼?"

"시끄럽다 마."

가볍게 창의 물미로 하프 엘프 척후를 콕 찌르고, 척후가 그것에 항의한다.

그 와중에, 여전사는 「그치?」 하고 여주교에게 말하는 것도 잊지 않는다.

때때로 사원에 같이 가던 두 사람이다. 당신이 모르는 사이에, 완전히 친해진 모양이다.

그것을 흐뭇하게 생각하면서, 당신은 여주교에게, 너는 어떤가 물었다.

"네?"

문득 말을 걸자, 여주교가 퍼뜩 고개를 들고 당신을 보았다.

안대로 뒤덮여 있지 않았다면, 눈을 깜박였을 것이다.

"그, 게……."

그녀는 당황하여, 주저하듯, 꼬물꼬물하며 금방 답하지 않았다.

그것에 당신은 역정을 내지 않고, 그녀의 마음이 진정되는 것을 참을성 있게 기다렸다.

당연한 일이다, 라고 생각했다.

누구나 마찬가지로, 비슷한 말을 하고, 당신에게 찬동하는 것이 아니다.

이 여섯 명, 모든 사람이, 다른 것이다. 생각도, 출생도, 직업도, 모든 것이.

"……그렇답니다. 다음은 없을지도 모르는걸요."

그래서 당신은, 그녀의 말을 들을 필요가 있었다.

그리고 그녀 또한, 여기까지의 모험을 거쳐 자신의 마음을 확실히 말할 수 있게 됐다.

"저는 결판을, 내러 가고 싶답니다."

그것은 분명, 그녀가 처음부터, 자신의 내면에 품고 있던 강함이 분명했다.

갖가지 것으로 뒤덮여 보이지 않게 되었을 뿐이었다. 겉으로 드러난 것을, 솔직히 기쁘게 생각한다.

—그러면 가자.

따라서 당신도, 확실하게 말에 실어서, 결단을 내렸다.

파티의 면면은 얼굴을 마주보고, 다 함께 고개를 끄덕여 주었다.

"이대로 적의 두목과 결전인가. 재미있군. 솜씨를 발휘해야겠어."

"헤헤헤헷, 마신왕 따위야 내한테 걸리믄 쓱싹이래이!"

"그러면, 못 이기면 당신 탓이네에."

"어이쿠……."

"괜찮아요. 여러분을 의지하고 있는걸요."

종누이의 말은 또 이런다. 종누이도 일을 안 해주면 곤란한데.

당신은 쓴웃음을 지으며 말하고, 천천히 미궁의 가장 안쪽을 향해 걷기 시작했다.

이 앞에 무엇이 기다리고 있는지, 알 도리도 없었다.

—아니.

어떤 의미로는, 명백하다.

괴물이 있고, 재보가 있으며, 미궁이 펼쳐지고, 그 안쪽에 검은 옷의 남자가 있다.

지금까지하고 아무것도 다를 바 없다. 그렇다면, 해야 할 일도 다를 바 없다.

몇 명이 살아남을지는 모른다. 이 싸움으로 얼마나 상처를 입을지 모른다.

─그러나.

알 게 무엇인가?

의문을 품지 않고, 당신은 나아간다. 당신들은 나아간다.

─그것이, 모험가란 것이다.

　지하 10층으로 가는 길은, 계단이 아니라 심연으로 통하는 하나의 천공(穿孔)이었다.

　9층의 가장 안쪽에서 지저의 바닥까지 꿰뚫은 그 어둠을, 당신은 들여다 보았다.

　─바람이 없다.

　암흑을 꿰뚫어보지 못하는 것은 당연하다 해도, 어둠의 바닥에서 태동하는 대기의 흐름마저 느껴지지 않는다.

　사람이 갈 곳이 아니다─ 그렇게 생각해 버리는 것은, 참으로 새삼스런 이야기였다만.

　─뜻밖에 승강기에서 가까웠군.

　결국 상당히 우회하게 되어버린 것을, 당신은 의도적으로 투덜거렸다.

　"이 지하미궁 만든 놈마는, 근성이 썩어삔기다."

　그것을 듣고 하프 엘프의 척후가, 거창한 태도로 고개를 흔들었다. 키득, 하고. 여주교가 웃었다.

　"4층, 5층 때와 다르게, 숨겨져 있는 영역……이란 것은 없는 것 같아요."

　그녀는 온화한 어조로, 미궁의 벽에 손을 대고 살며시 돌벽을 쓰다듬었다.

수많은 모험가가 파묻혀, 손이나, 다리나, 몸의 일부, 무참한 말로를 보여주고 있는 벽이다.

그 안쪽에 미궁의 비밀이 있을 리도 없었다. 이 벽은 그저, 모험가의 묘지에 지나지 않는다.

"그러니까…… 지하 10층에 가려면, 역시 이 수직굴이 아닐까, 합니다……."

"싫다아……."

여전사가 노골적으로 표정을 찌푸리고, 하드우드 창의 물미로 구멍 가장자리를 찌르며 힐끔 당신을 보았다.

"아래쪽에 가시 같은 거 돋아 있는 거 아냐?"

괜한 투정인지, 걱정인지, 아니면 양쪽 다인지. 당신은 뭐 어떻게든 될 거라고 말하면서, 구멍을 들여다 보았다.

"함정이라면, 좀더 왕래가 많은 장소에 설치했을 게다."

아마도 바닥은 있을 거야. 미르미돈 승려가 촉각을 흔들며, 턱을 울렸다.

"오히려 돌아오는 길이 없다는 게 문제 아닌가?"

"그거라면 괜찮지 않을까요?"

여전히 어려운 표정 그대로, 구멍을 빼꼼 들여다 보는 태도 그대로, 종누이가 말했다.

당신은 그녀가 떨어지지 않도록 슬쩍 등뒤로 다가가 언제든지 옷깃을 쥘 수 있도록 하고, 다음 말을 재촉했다.

그 근거는, 무엇일까?

"왜냐하면. 그 사람, 지상에 왔었잖아요…….."

검은 옷의 남자인가.

듣고 보니, 맞는 말이다.

그 남자가 의기양양하게 오가고 있던 이상, 지하 10층으로 가는 수단도, 지상으로 돌아가는 수단도 있다.

적어도— 당신은 종누이의 말을 이어받아, 그 날의 광경을 떠올리면서 말했다.

—적어도, 놈이 승강기에 뛰어든 이상, 지하 9층까지의 길은 틀리지 않았을 거다.

다시 말해서, 이 계층, 이 영역에, 지하 10층으로 가는 방법이 있다고 봐도 되리라.

예를 들어, 이 보란 듯이 뚫려 있는 구멍처럼…….

"그것까지 예상한 함정이 아니라면 말이지?"

여전사가 심술 궂게 휘젓는다. 그러나, 고마운 일이다. 경계, 의심, 겁을 먹는 것은, 필요하다.

당신은 수긍하고, 하프 엘프 척후와 여주교에게 턱짓을 해서 재촉했다.

지각이 가장 뛰어난 자와, 시각에 현혹되지 않는 자. 미르미돈 승려도 촉각이 있다지만…….

"……기이한, 기운이 있는 것 같답니다."

잠시 가만히 구멍에 귀를 기울이고 있던 여주교가, 차근차근 속삭였다.

"그냥 허방다리였다면, 이렇게 되지는, 않는다고…….. 그렇게, 생각해요.”

“뭐~, 함정이믄 좀더 숨겨두는 법이라꼬, 내도 생각한다.”

함정 주위를 주의 깊게 빠짐없이 조사하고 있던 하프 엘프 척후가, 그렇게 결론을 내리고 일어섰다.

그는 이 9층을 빠짐없이 조사하고 다녔다.

한 군데 있던 열리지 않는 문도, 억지로 열어 보니 건너편은 벽이다.

그렇다면, 이미 이 구멍 아래 말고는 통하는 길이 없다는 것이다.

“물론, 내려가는데 밧줄 길이가 충분할까 하는 문제는 있는데…….”

“《슬로우다운》의 술법이 있으니까, 그걸로 천천히 내려가요.”

그리고 남은 문제도, 종누이의 제안으로 해결된다.

그렇다면―.

“다시 말해서, 오늘이 놈의 제삿날이란 거군.”

미르미돈 승려가, 턱을 타가닥 울리며 말했다. 「재미있다」라고.

당신은 마지막으로, 일동의 얼굴을 둘러보았다. 다들 당신의 얼굴을 보고 있었다. 마음과, 대답은, 같으리라.

―10층이라.

당신은 깊은 감개를 담아 중얼거리고, 종누이에게 부탁한다 말하고, 암흑의 심연 안에 몸을 던졌다.

“《테라…… 세멜…… 레위스》……!”

종누이의 진언이 따라붙어서, 둥실 몸이 마음 편한 부유감에 휩싸인다.

어둠 속을, 그저 떨어진다. 그것은 무한이라고도 할 수 있는 시간이 필요할 것 같았지만―

"있지, 위는 보면 안돼?"

여전사의 농담. 차례차례 뛰어드는 동료의 목소리. 비명은 여주교인가, 종누이인가.

—어쨌거나, 그렇게 지루하지 않을 것 같다.

§

"……뭐고, 딱히 다른 건 읎어뵈네."

그야말로, 하프 엘프 척후의 말이 맞았다.

당신들이 내려선 것은 어슴푸레하고 갑갑한, 여전한 지하미궁, 그 통로였다.

와이어프레임
윤곽선만 떠오르는 것도 변함없고, 유일한 차이라고 하면 우두커니 서 있는 하나의 석비다.

그곳에는 금색 판이 붙어있고, 오랜 말로 문자가 새겨져 있었다.

『그대는 죽음이니』.

던전 오브 더 데드
—《죽음의 미궁》.

다시 말해서, 여기인 것이다. 본래, 그리 불러야 할 장소.

당신은 사방을 둘러보고, 자아, 어디로 나아갈까. 미궁의 암흑 속에 발을 디디—.

"……조심해요!"

종누이의 날카로운 목소리에, 흠칫 몸이 굳어졌다.

살며시 발을 본래 위치로 돌리고 돌아보자, 종누이의 표정은 창백하고 핏기가 가셔 있었다.

“차원이, 일그러져 있어요. 윗층보다, 훨씬 심해요…….”

그녀는 추위에 겁먹은 것처럼 어깨를 끌어안고 몸을 떨더니, 당신을 올려다 보고 메마른 목소리로 말했다.

“섣불리 발을 들이면, 어디에 날아가게 될지, 알 수 없어요, 이거…….”

“그러면, 어떻게 걸으면 되는 거야.”

여전사가, 살짝 떨었다. 당장 울 것 같은 목소리를 흘렸다.

“……그렇게 되는 건, 싫어어…….”

그녀가 무슨 생각을 하는지는, 당신도 알 수 있었다. 지하 9층, 벽에 파묻힌 모험가들.

그렇게 미래영겁 희롱당하는, 미궁의 노리개가 되는 것은 누구든지 사양이다.

당신은 여전사의 어깨를 두드리고 진정시켜주면서, 일그러짐이란 것이 보이지 않을까 물었다.

종누이는 어려운 기색으로, 버릇없이 엄지손가락의 손톱을 깨물면서 공간을 노려보았다.

“소용돌이 모양이 되어 있는, 것 같은데요…….”

“……아마도, 왼쪽으로.”

답을 낸 것은, 여주교였다.

그녀는 그 가늘고 긴 손가락을 슥 뻗어서, 미궁의 통로, 그 왼쪽의 분기를 가리켰다.

“이렇게…….”

그 손의 움직임이, 빙그르 허공에 호를 그렸다.

"소용돌이의 흐름이, 왼쪽에서 오른쪽으로 통하는 것처럼 느껴져요. 그러니까……."

일그러짐 안을 왼쪽으로 나아가면, 저절로 소용돌이의 중심에 도달한다. 이거군.

그리고 소용돌이의 중심에 무엇이 있는지, 무엇이 있는지는 명백했다.

―검은 옷의 남자.

"그러면 결정됐다."

판결의 나무망치처럼, 미르미돈 승려가 턱을 울리며 잘라 말했다.

"왼쪽 길밖에 없다. 척후가 조사를 하면서다."

"내가 갑자기 날라가믄, 묘비 정도는 세워주믄 좋긋다."

그러면 재보를 이쪽이 맡아둬야겠군. 당신이 말하자 「어이쿠야」하고 웃음 소리.

"그치만, 들고 도망치면 싫은걸."

그치? 하며 여전사도 이것에 동조하여, 당신은 정말 그렇다라고 응답했다.

그리고, 자신들의 말에 확신을 가지지 못하고 있는 종누이와 여주교를, 당신은 보았다.

―여기까지 와서, 동료의 말을 의심해서 어쩌란 말인가.

당신이 전투에서 한 수를 실수하면 전멸하는 것을 모두가 허용해주는 것과, 같은 것이다.

두 사람의 판단이 틀렸고, 전멸한다면, 그건 그거다.

딱히 신경 쓸 일이 아니다.

그래서 당신은 척후에 이어서, 결단적인 발걸음으로 왼쪽 통로를 나아갔다.

—아무것도, 안 일어난다.

흐음.

당신은 괜히 한숨을 쉬고서, 가자, 하고 몇 번째인가 되는 호령을 내렸다.

철컥철컥 당신의 장비 소리에 이어서, 모두의 발소리가 등을 따라온다.

"그 녀석이."

여전사의 뾰족한 목소리.

"없으면 어떡할 거야?"

"그쪽이 불렀다 안하나. 영업시간이라도 써두라카이."

여전사와 하프 엘프 척후의 대화에 귀를 기울이면서, 당신은 힐끔 등뒤를 살폈다.

미르미돈 승려가 등을 지키고, 종누이와 여주교가 서로 마주보며 키득키득 웃었다.

—아무 문제도 없다.

이러고 죽는다면, 죽을 때가 왔다. 그저 그뿐이다.

당신은 일체 망설임 없이, 지하 10층 최초의 묘실 문을 힘차게 걷어차 열었다.

§

―지하 10층의 탐색에서, 기나길게 할 말은 없었다.

독기를 뿌리는 거인. 무시무시한 흡혈귀의 무리. 화룡에, 서리 거인.

앞길을 가로막는 괴물 놈들을, 당신은, 당신들은, 휩쓸어 버리고, 더욱이 안쪽으로 돌진한다.

칼날이 울고, 창날이 꿰뚫고, 단검이 번득이고, 주술이 쏘아져 나가고, 괴물의 시체가 뒤에 남는다.

묘실을 지나면 차원의 왜곡이 있고, 그곳에 뛰어들어 다음 묘실로 간다.

침입하여, 싸우고, 죽이고, 다음으로 나아간다. 침입하여, 싸우고, 죽이고, 다음으로 나아간다.

지금 자신이 어디에 있는지도 애매모호하지만, 해야 할 일은 명백했다.

이미 당신들은 이 사방세계에서, 최상위 모험가로서의 영역에 이르고 있었다.

당신들이 나아가지 못한다면, 누구 한 사람 이 미궁을 답파할 수는 없으리라.

당신들의 앞길을 가로막을 수 있는 것이 있다면, 그것은 오직 하나.

―죽음뿐이다.

§

—이윽고.

당신들은, 그 문 앞에 도달했다. 도달해, 버렸다.

우뚝 선 것은, 지금까지의 묘실과 같은 그저 중후한 문에 지나지 않았다.

그렇지만, 그 문을 올려다본 당신에게는— 어느 확신이 있었다.

—어쨌거나, 여기가 모험의 끝이다.

숨을 들이쉬고, 숨을 내뱉는다. 모두를 돌아본다. 모두가 고개를 끄덕인다.

이제 와서 이미 각오를 굳힐 필요도, 확인할 필요도 없었다.

그저 동료들의 장비를, 자신의 장비를, 점검하고, 준비를 갖출 시간만 필요했다.

집중력은 유지하고 있다. 술법도 남아있다. 무구에 흐트러짐은 없고, 문제도 없다.

무엇보다, 여기서 겁을 먹어봐야 돌아갈 길이 남아있지 않았다.

등뒤를 돌아봐도, 그곳에는 그저 어디에도 이어지지 않는 통로가 있을 뿐이다.

당신은 갈까 하고 중얼거렸다. 동료들이 가자고 응답한다. 그 이상은, 없다.

당신이 힘차게 문을 걷어차 열고, 모험가들은 눈사태처럼 묘실로 뛰어들었다.

그 어슴푸레한 묘실에— 역시, 다른 묘실과 차이는, 없다.

텅 비어있는, 살풍경한 방. 윤곽선만 떠오르는, 정사각형의 석실이다.

—이것이 《죽음》의 중추인 것일까?

그렇다면 그나마, 그 지하 4층의 제단 쪽이 걸맞은 것 같았다.

그렇지만, 여기가 미궁의 최심부란 것을 가리키는 증거 또한 분명히 있었다.

옥좌다.

묘실 안쪽에 설치되어 있던 호화로운 옥좌에, 웅크리듯 검은 그림자가, 하나.

그것은 뭉게뭉게 부풀어오르듯 일어서서, 사람의 형태가 되어 당신 앞을 막아섰다.

—검은 옷의 남자다.

"이야아— 훌륭해. 훌륭하다."

짝, 짝, 짝. 맥이 빠지는 메마른 박수 소리가 울렸다.

그림자가 드리운 남자의 얼굴에는, 진심으로 감탄했다는 미소를 띠고 있었다. 신경을 거스르는 미소였다.

"실제로 기대는 하고 있었지만 말이야. 여기까지 온 모험가는, 그리 많지 않으니까."

"미궁의 주인……."

한순간 떨린 목소리를, 여주교는 일으켜 세웠다.

"……정체가, 뭔가요!"

그것은 힐문이라기보다, 단순한 확인에 지나지 않았다.

이 북쪽 끝자락에서 《죽음》을 뿌리고 있는, 누군가. 모든 것의 원

흥. 최대의 적.

그러나, 여주교는 그것을 물어볼 이유가 있었다. 하드우드의 창을 겨눈, 여전사에게도.

이 미궁에서 누군가를 잃은 자라면, 물어야 하는 것이다.

"불사의 마술사, 혹은, 마신의 왕! 당신은 무엇을 획책하여, 이러한—."

그것을, 듣고서.

검은 옷의 남자는, 후후후 웃었다.

"놈은 죽었다."

한 마디였다.

아무것도 아니란 것처럼 태연하게 말하고, 남자는 어깨를 으쓱거렸다.

옆에서, 여전사의 창날 끝이, 떨렸다.

"무, 슨……!"

"내가 죽였다. 아니, 우리들일까? 뭐, 어느 쪽이든 같은 것이지만…….."

그건 참으로 재미있었지.

검은 옷의 남자는 스르르 움직인 오른손의 붉은 칼날로 어깨를 두드리면서, 자신의 턱을 쓰다듬고 혼잣말을 했다.

그것은 마치, 며칠 전에 먹은 저녁 식사의 맛을, 다시 떠올리는 것과도 같았다.

"그게 뭐였는지는, 모른다. 그러니까, 미안하구먼. 물어봐도, 대답을 못해."

© lack

먼저 쓰러뜨려 버려서 미안하군, 이라고.

마치 검은 옷의 남자는, 그것이 정말로 **미안한 짓을 했다**라고 말하는 것 같았다.

"그렇다면, 어째서 이 미궁의 차원은 일그러진 그대로인가요!"

믿을 수 없다고. 겁먹고 주춤거리면서도, 여주교는 한 걸음도 물러나지 않고, 소리를 높였다.

"그렇게 다른 모험가를, 희생하면서까지, 무엇을……!"

"어이어이. 착각하지 말아주게나. 세상을 멸망시킨다거나, 그런 오해를 하면 곤란해."

당신은 여주교와 검은 옷의 남자가 대화를 하는 와중에, 슬쩍 동료들에게 눈길을 주었다.

맨 먼저 종누이가 응해, 짧은 지팡이를 한 손에 들고 옆으로 물러나 사선을 확보한다. 모두가, 뒤따른다.

모험가들은 묘실에 돌입했을 때의 태세에서, 서서히 서서히, 각자의 위치를 살피듯이 움직였다.

짧은 지팡이를 쥐고 의식을 고양하며, 만도를 한 손에 쥐고 성인을 맺는다. 창을 겨누고, 단검을 겨누고, 거리를 좁힌다.

당신 또한, 발을 미끄러뜨리며 간격을 잰다. 파고들어, 베어낸다. 한칼에.

"여기는 좋~은, 곳이야."

그러기엔, 아직 멀다.

검은 옷의 남자는 길가에서 만난 지인과 세상 돌아가는 이야기를 하듯, 흔들, 흔들, 마음 편히 움직였다.

그 종잡을 수 없는 움직임에서, 당신은 어떻게든 틈을 찾아내고자 눈에 힘을 주었다.

"모험가도 죽는다, 괴물도 죽는다, 전부 여기에 모인다. 힘이 된다……."

《죽음》.

『애당초 말이야. 전설이 논하는 백금 등급 같은 건, 이미 사람의 이치에서 벗어난 존재잖아?』

『그래서 이 미궁은, 지하에 있어. 지하에 무엇이 있느냐 하면— 그야 《죽음》이지.』

『그러면 지하에 들어가서, 거기서 생사의 경계를 달리고, 지상에 돌아온다는 것은…… 말이지.』

『《죽음》과 재탄생의 반복 아냐?』

《죽음》은 힘이다.

모험가가 괴물을 죽이고, 괴물이 모험가를 죽이고, 생환한다. 이 치에서 벗어난다.

그 힘을, 《죽음》을, 이 남자가 손에 넣었다면—.

"내가 한 일이라고 하면, 보물상자를 조금 준비한 것 정도지."

"……억지 논리를……!"

그러자 모험가가 멋대로 죽었을 뿐. 검은 옷의 남자에게, 여전사가 침이라도 뱉는 것처럼 내뱉었다.

그것을 검은 옷의 남자는 「너무한걸」이라고 말하더니, 깔깔 웃으며 천천히 어깨를 으쓱거렸다.

"모든 것은 주사위에 달렸어. 신들이 던지는. 그러면, 이기기 위해서 온갖 것을 쌓아 올린다. 당연하잖아?”

“글렀대이, 대장. 들어봐야 의미가 음다. 이놈아.”

“뭐든지 상관없다.”

미르미돈 승려가 하프 엘프 척후에게, 턱을 울렸다.

“그냥 울음소리라고 생각해라.”

당신은, 슬금. 조금씩 간격을 좁혔다.

그때는 베지 못했다. 지금은 어떨까? 벨 수 있을까? 아니—.

붉은 칼날이, 흐느적 당신 쪽을 보았다.

“아무래도 좋은 일 아닌가? 결국, 다시 말해서. 죽이고, 강해져서, 죽이고, 이기는 건.”

검은 옷의 남자는, 말했다. 당신에게. 당신을 향해서. 그렇다, 당신이라도.

“—즐거웠지?”

—벤다.

§

당신의 눈꺼풀을 스치며 붉은 칼날이 지나가고, 뒤늦게 「휘이」 소리가 울린다. 소리보다도 빠르다.

미궁 바닥돌의 절반. 불과 그만큼 발을 물린 것이 당신의 목숨을 구했다.

당신은 즉시 파고들며 하단에서 만도를 쓸어 올리고, 대각선으로 참격을 뿜어냈다.

키이잉. 새된 소리가 나고 손바닥이 둔중하게 저릿하다. 칼날이 튕겨나갔다. 짜증이 날 정도로 느리다.

자루를 더듬은 당신은 애도를 어깨에 지는 것처럼 되돌렸다. 공격은 안 온다.

어둠 속, 뻔뻔스러울 정도의 웃음이 떠올랐다. 당신은 비웃음을 사고 있다. 웃게 놔두라.

"자아, 이쪽이야……!!"

옆에서 창의 칼날이 뻗어나간다. 목소리는 아리땁지만 그에 안 어울리는 날카로움.

이미 당신과 그녀의 연계에 말 따위는 필요 없다.

그러나, 그렇다고 해서 통할 리 없었다.

"으, 앗?!"

또다시 붉은 빛이 어둠을 베어내고, 뒤늦게 검격음. 불똥과 함께 창이 튕겨나갔다.

빙글. 붉은 칼날이 궤적과 함께 원을 그린다. 대상단. 그녀의 표정이 굳어진다. 아니.

"어이쿠야아……!"

—받아 ^{패링}흘리기.

하프 엘프 척후가 나비를 본뜬 단도를 역수로 쥐고서, 간신히 붉은 칼날의 궤도를 비껴낸 것이다.

가벼운 몸놀림으로 뛰어든 그를 보고, 여전사의 볼이 풀어졌다. 그녀는 창을 손에 쥐고 필사적으로 몸을 일으켰다.

"미안해애, 실수해버렸어."

“상관없는데…… 내 혼자서는 무리라 안카나 이거!”

붉은빛이 번득일 때마다, 하프 엘프 척후의 몸에 상처가 늘어난다. 그는 척후다. 1대1은 어려울 것이다.

어여 누가 전선에 안 돌아오나. 그 말은 지당하다.

일어설 수 있는지 묻자, 여전사는 「해볼게」 하고 응답했다. 그러면 됐다.

당신은 어깨에 끌어당긴 칼을 그대로 두고서 다시 파고들어, 똑바로 돌진하며 세 번 베었다.

그러나 붉은 칼날은 그것을 차례차례 튕겨내고, 받아 흘리고, 스르륵 미끄러지듯 후방으로 물러나 빠져나간다.

뿐만 아니라, 당신은 등줄기가 오싹해지는 것을 느끼고 뛰었다. 목이 있던 공간을 칼날이 휩쓸었다.

―치명적인 일격이라!

“6대1로 싸우고 있는데, 뭐 이리 엉망이고! 이거 안 이상하나!!”

정말 그렇다. 당신은 하프 엘프 척후에게 동의했다. 당신도 가능하면 해보고 싶었다.

“―아니, 잘 봐라!”

후방에서 호통이 날아온다. 미르미돈 승려다. 그로서는 보기 드물게 거친 목소리였다.

당신도 금방 그 이유를 이해했다.

어둠 속에서, 불쑥 기척이 부풀어 오른 것이다.

“GHOOOOOOOOOOOULLLLL!!”

“GGGGGGGGGHOOOYLL……!”

붉은 눈, 검푸르게 부풀어 올라 부패한 죽은 육신. 누더기를 두르고, 입가에는 날카로운 송곳니.

밤을 걷는 자, 지렁이, 흡혈귀!

이 미궁에서 죽은 모험가들인지, 아니면 명부에서 끌려온 것인지 수도 없이 많다.

지각할 수 없는 넓이에 가득한 어둠 속, 놈들이 어느 정도로 숨어 있는지 알 도리도 없다.

"6대1은커녕 인해전술이군. 예상이 틀렸다."

미르미돈 승려가 방심하지 않고 더듬이를 흔들며, 턱을 울렸다.

"뭐, 몰살시킨다는 의미에서는 다를 바 없지. 우리도, 저쪽도 말이다."

"이걸로 이제 숫자로는 불평을 못하게 됐네. 오히려 상대가 많은데다가, 벅차니까."

정말이지 참으로 치사한 녀석이다. 당신은 굳어진 표정으로 창을 겨누는 여전사에게 수긍하고 칼을 하단으로 겨누었다.

스윽. 발을 미끄러뜨려 간격을 좁히면서 기척을 살핀다. 붉은 칼날은 어디지? 어둠 속, 기척이 보이지 않는다.

애당초 기라는 것은— 애매모호한 것이다. 단적으로 말하자면 그런 것은 없다.

소리이며, 숨결이며, 남아있는 체온이며, 공기의 움직임. 오감으로 살펴야 하는 것뿐이다.

당신이 호흡을 가다듬는 것을 깨달았으리라. 여전사가 어쩐지 불안하게 눈동자를 흔들었다.

“있지이, 작전은?”

빤하지. 당신은 입술 끝을 끌어올리며 응답했다. 모조리 베어 죽이면 된다.

어머나. 여전사는 어깨를 으쓱거리고, 창백한 표정을 풀었다. 긴장이 풀린 모양이다.

“흠.”

그것을 본 미르미돈 승려가 뭔가 생각하는 시늉을 하더니 턱을 열었다.

“어쩔 거지? 전위를 교대할까? 나는 어느 쪽이든 상관없다.”

“농담하나!”

하프 엘프 척후가 식은땀을 흘리면서 응답했다.

“저놈아 머리를 확 베어버리는 건 내다!!”

“그러냐!”

위세를 부리는 하프 엘프 척후에게, 타가닥 송곳니를 울린 미르미돈 승려가 웃었다.

그것과 동시에, 그 마디진 양손이 복잡한 주인을 맺었다. 송환의 인.

“망자 놈들, 《디스펠》에는 약할 것이야……!”

그것을 본 여마술사— 주술적 자원의 관리를 맡고 있는 당신의 종누이가 소리를 높였다.

“《디스펠》에 이어서 세 수! 준비합니다! 맞춰 주세요!”

“네.”

그 옆, 천칭검을 쥔 여주교가 기특하게 소리를 내며 수긍했다.

두 눈동자는 빛을 잃고 안대에 덮여 있지만, 그녀의 시선에는 강한 의지가 담겨 있었다.

연약했던 그녀도 이제는 숙련된 모험가.

그래. 당신은 그녀의 성장을 믿음직하게 생각하며, 종누이의 말에 따라 칼을 안 든 빈 손으로 인을 맺었다.

"《돌고 돌아 바람이 되는 나의 신, 그들의 혼백을 고향으로 돌려보내라》!"

첫 수, 미르미돈 승려의 《디스펠》이 신선한 바람과 함께 불어 닥쳤다.

재는 재로, 먼지는 먼지로.

생명을 부활시키는 《리저렉션》의 기적과 닮은 청정한 공기에, 삭은 시체는 견디지 못한다.

미궁에 가득 찬 망자 놈들은 저주 때문에 일어선 것이 아니지만, 고위의 기적 앞에서는 마찬가지다.

차례차례 무너져 내려 먼지로 변한 그 육체가 뭉게뭉게 피어 오르는 가운데, 종누이의 날카로운 목소리가 흘렀다.

"웬토스!"

"루멘!"

이어서 여주교. 천칭검을 들어올려, 신에게 신탁을 받는 것처럼 드높이 주문의 말을 읊었다.

두 소녀가 자아낸 주술의 말은 세계의 섭리를 덧칠하고 개편하여 방대한 힘을 만들어낸다.

바람이 휘몰아 치고 빛이 응축되어 가는 것을 당신의 눈으로도 선하게 알 수 있었다.

그리고 마지막으로 당신이 진정으로 힘 있는 말을 입밖에 내어, 인을 맺은 손으로 모든 것을 해방한다.

—리베로(해방).

맹풍.

백광.

굉음.

그리고, 열.

이미 반쯤 다른 차원으로 변해버린 방의 어둠을, 하얀 어둠이 물들여 간다.

《디스펠》에서 벗어나, 아직도 육체를 유지하고 있던 망자 놈들이 곧장 소리를 지르며 증발했다.

이 세상의 만상은, 무엇 하나 《퓨전 블래스트(핵격)》에서 벗어날 수는 없다.

“……대장!!”

“위, 험……?!”

—그렇다. 이 세상에 있는 자라면, 그렇다.

당신은 운이 좋았다. 두 사람의 목소리에 반응하여 몸을 피해 바닥돌 위로 굴렀다.

당신의 눈앞에 붉은 칼날이 지나가고, 피의 꽃이 피었다.

피이이. 피리 같은 소리와 함께 여전사의 목에서 피가 뿜어져 나오는 것을, 당신은 보고 말았다.

“히, 이, 아……악?!”

핏기가 가신 얼굴로 목을 누른 그녀가, 풀썩 무릎이 꺾여 무너져

바닥에 웅크렸다.

붉은 칼날이 공중에 미끄러진다. 방금 전을 재현하는 것처럼 대상
단. 목을 쳐내는 일격.

"이, 자식……!"

그것을, 하프 엘프 척후가 받아 흘린다. 그러나 나비의 단도는 한
합, 두 합을 버티지 못하고 튕겨나가 몸통이 빈다.

"으, 그으……?!"

내장에 칼날이 파고드는 소리를 당신은 들었다. 쿨럭. 하프 엘프
척후가 입에서 핏덩어리를 토해낸다.

풀썩 쓰러진 동료의 모습을 보고, 당신은 칼을 손에 집어 대비했
다. 이걸로 두 사람.

"두 사람은 회복을! 너는 그대로 전위에 전념하고, 후방은 내가
할게요!"

종누이가 재빨리 말한다. 당신은 냉정함을 잃지 않은 종누이의 이
런 부분을 존경하고 있다.

그래서 후방에서 동료들이 필사적으로 치유의 기적을 행하는 가
운데, 미끄러지듯 움직였다.

《퓨전 블래스트》의 흔적이 피부를 태우는 가운데, 당신은 뛰어들
어 붉은 칼날에 칼을 휘둘렀다.

손맛은, 약하다.

당신은 타고 남은 재를 발로 흩뿌리면서, 쓰으 움직여 간격을 유
지했다.

물러난 상대가, 웃고 있었다. 피어오르는 증기 가운데 웃음이 떠

올라 있었다.

—위험해.

"물러나 주세요……!!"

퍼뜩 소리를 지른 여주교의 목소리와, 당신이 칼날을 겨눈 것은 거의 동시.

당신은 분명히 들었다. 비웃는 어조로 자아낸, 주술의 말을.

"《웬토스…… 루멘…… 리베로》!"

아, 하고 생각할 틈도 없었다.

고통이나 괴로움보다도, 그저 공백이 있었다.

소리가 사라지고, 천지가 소멸했다.

당신은 자신이 서있는 것인지, 앉아있는 것인지도 몰랐다.

실제로는 옆으로 쓰러진 것뿐이다.

입을 열자 의미도 없는 소리가 호흡과 함께 흘러나왔다.

분명한 것은 하나. 오른손에 있는 칼의 감촉뿐.

당신은 그것을 의지하여, 흐느적 흔들리는 유귀처럼 일어섰다.

기척이— 있다.

방의 여기, 저기. 쓰러진 동료들의 모습이 있었다.

여전사가 쓰레기처럼 굴러다니고, 하프 엘프 척후는 꼼짝도 하지 않는다.

미르미돈 승려는 벽에 기댄 것처럼 무너져 있고, 그 옆에는 종누이가 웅크리고 있었다.

그리고— 쓰러져 있는 여주교의, 보이지 않는 눈과 시선이 섞였다.

"……아……직, ……할, 수……있, 어……요."

부들부들 떨며, 당장이라도 무너질 것 같은 꼴로, 그녀는 천칭검을 의지하여 일어서고자 했다.

당신 또한 비슷한 꼴이다. 가슴팍에 매달린 몸통 갑옷을, 당신은 끈을 끊어내 내던졌다.

"유감, 유감이야. ……유감이지만, 너의 모험은 이걸로 끝이다."

눈앞에는, 붉은 칼날이 있다. 놈이 웃고 있다. 이미 이런 것은 소용없다.

당신은 간신히 칼을 들고서, 정안으로 겨누었다. 무슨 의미가 있는 것인가 생각했다.

붉은 칼날은 죽음의 표식이다. 당신도, 그녀도, 종누이도, 동료들도, 모두 죽는다.

예외는 없다.

그 누구도.

《죽음》에서 도망칠 수는 없다.

—그렇다면.

이렇게 칼을 겨누는 것에, 과연 무슨 의미가 있는 것일까?

"……!"

누군가가 당신을 불렀다. 비명과도 비슷한 소리가 울렸다. 신들이 던지는 주사위의 소리가 들린다.

그리고 당신이 답을 찾기도 전에 붉은 칼날이 달려와, 피가 뿜어져 나왔다.

§

어두운 암자. 약의 향. 병든 여자의 냄새. 귓가에서 범이 웃었다.

"너는 명인이야."

쓰윽 움직인 손가락 끝이 당신을 가리키고, 이어서 허공을 가리켰다.

"상대도 명인이다."

범이, 걸쭉하게 녹아내린 눈동자로 당신을 보았다.

"상대는 명품을 들었고, 네 손에 있는 것은 고철이다."

―자, 어쩔 거지?

당신은 대답했다.

범이 웃었다.

§

"무, 슨……?!"

검이 저절로 튕겨 올라간 것 같은 느낌이다.

번득이는 한순간 사이에, 당신은 모든 것을 다시 본 마음이 들었다.

주마등일까? 알 수 없다. 그러나, 당신은 몰라도 당신의 육체는 알고 있었다.

당신의 생명을 돌리는 커다란 바퀴가, 당신의 몸을 부추겨 움직이는 것이다.

―치명적 일격을, 피하는 움직임을.

당신은 맑은 검격음도, 검은 옷의 남자가 처음 올린 경악의 소리도, 모든 것을 흘려 들었다.

애매한 가운데에서, 당신의 손이 쥐고 있던 그 감촉만이, 분명한 것이었다.

《매직 미사일》(힘의 화살)의 술법. 당겨치기. 두 칼. 도약. 가진 술리를 모두 구사하고도, 더욱이 남는 것.

—남아있는 법이군.

당신은 웃었다. 미소를 짓고, 어깨에서 힘이 축 빠졌다. 숨결(브레스)이 몸을 느슨하게 돌았다.

손 안의 만도를 스르륵 겨눈다. 겨눈다고도 할 수 없다. 편하게, 양손으로 들어올린다. 그것뿐.

—옳지, 왔군.

하늘을 부술 것처럼 어마어마한 내리치기를, 당신은 옆에서 때려 비껴낸다.

대각선 베기를 반대 방향에서. 찌르기를 칼막이로. 옆으로 베기를 팔쌍의 자세로.

번득, 번득. 검과 검이 부딪힐 때마다, 눈부신 불똥이 묘실에 흩어진다.

"굉, 장……해……."

지금 중얼거린 것은 여주교일까? 그러나, 당신은 그것에 정신이 팔리는 일은 없으리라.

지금 당신 앞에는 검은 옷의 남자가 있다. 그 붉은 칼날이 있다.

놈은 이기는 것이 즐겁다고 했다. 강해지는 것이.

그것을, 부정할 수는 없다.

그렇지만— 그뿐인 것일까?

그렇지는, 않았을 것이다.

당신이 즐긴 것은, 적을 죽이고 이기는 것이 아니었을 것이다.

그것에는 종이 한 장, 나란히 마주선 삶과 죽음과 재하고도 비슷하지만 결정적인 차이가 존재한다.

미궁에 도전하고, 동료들과 사선을 헤쳐 나왔다. 보물상자의 알맹이에, 일희일비했다.

당신의 여로에 있었던 것은, 결코 승리뿐이 아니었다.

시노비에게 목을 베였다. 몽마에게 습격을 받기도 했다. 고블린이나, 슬라임에게도.

겁먹고, 소란 떨고, 당황하고, 혼란하고, 버티고 서서, 걸어왔다.

당신이 즐기고 있던 것은, 무엇인가?

모험이다.

—당신은 모험가다.

악명 높은 《죽음의 미궁》에 대한 소문을 듣고, 그 가장 깊은 곳에 도전하고자 이 성채도시를 찾아왔다.

그리고 지금 그야말로, 죽음의 근원과 대치하고 있다. 이것이 유쾌하지 않다면 뭐란 말인가?

—모든 것은, 주사위에 달렸다.

과연, 분명 그렇다.

신들마저, 싸움의 행방은 정할 수 없다.

신들마저, 당신의 싸움에는 손을 댈 수 없다.

그곳에 있는 것은, 그저 《숙명》과 《우연》뿐이다.

그밖에 누구의 의지도 없다. 당신의 행동을 좌우하는 것은 없다.

이것이야말로 신들의 은총이다. 이만한 축언이, 과연 있는 것일까?

주사위를 던질 거면 던져봐라.

당신은, 자유다.

그렇다면.

"이, 럴 수……가?!"

어디까지나 뻗어, 가뿐하게, 당신의 칼이 붉은 칼날을 튕겨내, 비껴낸다.

어둠 속에서 날아오는 것을 모조리. 빛나는 기척에 당신은 그저 칼날을 맞대기만 하면 된다.

죽이고 이기는 것이 그리도 잘난 것일까?

패해서 죽는 것이 그리도 어리석은 것일까?

바보 같은 소리다.

눈앞의 남자도.

함께 걸어온 동료들이라도.

당신의 모험이 지닌 가치를 가늠하는 것은 하지도 못한다.

따라서 당신은 외치면 되는 것이다.

따라서 당신은 짖으면 되는 것이다.

지금 이때, 이 순간, 당신이 고른 이 모험의, 그 가치를.

이 모험이야말로, 즐거운 것이라고.

잘못하면 죽는다. 그러나 그게 어떻단 말인가?

잘 되면 살아남는다. 그저 그뿐인 일이다.

그렇다면— 무엇을 괜히 고민할 필요가 있으랴?

피아의 기량도, 세계의 명운도, 동료들도, 모든 것이 허공에 녹아 사라진다.

옛사람이 가라사대, 상대가 몇천 명이든 모조리 베어버린다 생각을 정하고, 맞서는 것까지 성취라 했다.

상대가 명인. 이쪽도 명인. 저쪽에 있는 것은 명도고. 이쪽에는 그냥 칼이다.

고민할 필요는 없다.

딱히, 고민할 일이 아니었다.

주사위를 던져라, 모험가여.

상대가 어떤 자라 해도, 도전한 승부의 결과는 정해져 있다.

하나의 천지. 여섯의 주사위 눈이라도, 하나와 여섯이 나올 확률은 같다.

설령 100중에 하나밖에 승산이 없다 해도, 백에서 하나가 나올 확률은 나머지 99와 같다.

그렇다면 빠짐없이 모든 결과는, 단 둘이다.

이기는가, 지는가다.

다시 말해서, **반반**이다.

이미 생각할 필요는 없었다. 지혜고 뭐고 필요 없다.

싸운다고 정했으면, 있는 그대로, 생각하는 그대로 행동하면 된다.

당신의 자유의지를 좌우하는 것은, 당신 말고는 없다.

당신의 행동을 가로막는 것은, 당신 말고는 없다.

어찌 몸을 움직이든, 어찌 칼날을 휘두르든, 그 모든 것이 당신의 마음대로다.

몸, 기술, 그리고 운.

만물에서 해방된 당신의 의지와 몸은, 지금 완전한 조화(하모니) 안에 있었다.

지행합일! 조화야말로 존귀할지니!

—뭐가 소용없단 말인가.

당신은 웃었다. 진심으로 시원스런 웃음이었다.

이미 의문은 없었다.

그저, 기도만이 있었다.

기도하며 놀아보거라, 모험가여.

불티가 계속 타들어가는 재를, 짓밟고서 계속 걸어온 것처럼.

—그렇다. 당신은 알고 있다.

미궁에 이르는 최초의 한 페이지를 넘기기 전부터, 그것을 당신은 알고 있었다.

모든 것은, 그저, 이 한 칼, 이 사무라이의 검을 위해서.

이것은, 다시 말해.

악명의 애도

한순간의 공백.

소리 하나 없는 그 묘실에, 울리는 소리는 그저 새된 칼소리뿐.

칼날 끝이, 날아갔다.

검붉은 빛을 뿜어내는, 칼날이.

부러지고, 부서지고, 공중에 춤추고 있었다.

"뭣, 이—?!"

놈의 눈이, 그것을 따르고 있었다. 당신은, 그러지 않았다.

그저 손목을 돌려, 손안에서 칼날을 틀었다.

한 걸음, 파고든다. 반동에 몸을 싣는다. 팔을, 휘두른다.

베어 올린다.

"으, 오……옷?!"

—얕다.

쫙, 쓰다듬는 것처럼 스치는 칼날.

펄쩍 뛰어 물러난 검은 옷의 남자. 가슴팍에서 약간의 피가, 흩어진다.

그 얼굴에 떠오른 표정— 감정. 경악인가, 공포인가, 분노인가.

어느 것이든, 당신은 알 수 없다. 알려고 생각지도 않는다.

다만, 당신은 웃었다. 웃고 있었다. 참으로, 유쾌한 일이었다.

이제 와서 아직도— 당신은 위태롭다.

얕게 파고들어, 가볍게 때린다. 검은 옷의 남자가 방심을 하고 있다면, 칼날을 맞은 것은 당신이었으리라.

—그만 무심코 파고들어버렸다, 로군.

그 생각에, 당신은 웃음을 지어버렸다.

"요도를…… 부러뜨렸다……?"

조용히, 중얼거린 말. 믿을 수 없어, 떨리는 목소리.

여주교다.

묘실 구석에 웅크리고 있던 아가씨는, 멍하니 당신을 보고 있었다.

당신은 나아간다. 앞으로. 앞을 향해. 다음으로, 다음 구절로 나아간다. 계속 나아간다.

그녀 또한, 그래줄 거라고 당신은 믿고 있으니까.

그것이 통할지 아닐지는, 알 수 없다.

다만 여주교는, 당신에게 뻗은 손을 내리고 있었다.

그 가녀린 손이, 단단히 천칭검을 움켜쥔다.

그리고— 일어섰다.

"이것은, 조금 위험하군……!"

검은 옷의 남자가 투덜거렸다. 당신은 뭐, 반반일 거라고 중얼거렸다.

—뭐가 나올까? 뭘 할까?

방심하지 않고 간격을 잰다. 요도가 부러졌으니, 상대의 간격도 변하기 때문이다.

그런 당신을 보고— 검은 옷의 남자가, 벙긋 웃었다.

"그러면, 이쪽도 조금 진심을 내도록 할까—아!"

순간, 남자에게서 뿜어 나오는 압력이, 늘었다.

살기. 노기. 그러한, 것이 아니다.

칼의 단면에서 뿜어져 나온 검붉은 빛은, 그야말로 요기라 부르기에 걸맞은—.

―아니…….

저것은, 죽음이다.

이 미궁에서 쓰러진 온갖 것의, 죽음.

괴물, 모험가. 쌓아올린 방대한 주검 위에 있는, 미궁의 어딘가가 삼켜서 사라진, 죽음.

그것이, 검은 옷의 남자를 부풀리고 있었다.

그야말로, 빛나는 어둠이다.

붉은빛이 휘감겨서, 달라붙어서, 녹아내리듯 검은 옷의 남자와 뒤섞인다.

그것이야말로 요도의 진정한 힘인 것처럼.

검은 옷의 남자의, 힘이 늘어났다.

당신은 남자의 등뒤에, 뭔가 기이한 것을 본 게 아닌가 싶었다.

소용돌이치는 검은 그림자. 날개를 가진 악귀로도, 노련한 마도사로도 보이는 그것은―.

―아아.

이 무시무시한 미궁을 만들어낸 누군가도, 그 죽음의 양식이 되었으리라.

어찌, 이러한 《죽음의 미궁》의 주인이 되었는지는, 이미 아무도 알 수 없는 것이다.

그러나― 역시 큰 차이는 없다.

눈앞의 남자마저도, 베면, 죽일 수 있다. 자신도, 베이면, 죽는다.

"자아, 두 바퀴째다."

남자가, 송곳니를 드러내듯 하얀 치아를 보였다.

"즐겨볼 수 있겠지?"

—즐겨보자고.

비슷하나 다른, 오히려 상반되는 대답을 주고서, 당신은 느릿하게 만도를 고쳐 겨누었다.

한 손을 앞으로 느릿하게 내밀고, 만도를 쥔 손을 후방으로 활을 당기는 것처럼— 겨눈다.

그렇지만, 그래서 어떻게 올까— 과연 어떨까?

놈의 간격은 짧아졌다. 그렇지만, 섣불리 파고들 만큼 당신은 자신감이 과잉되지도 못한다.

선을 취할까, 후를 취할까. 미지의 상대에게 선을 양보하는 것은 악수지만, 위험에 뛰어드는 것 또한 악수.

쓱, 하고. 미약하게 당신이 발을 미끄러뜨려 앞으로 내밀고, 바닥과 스치는 소리를 낸 그때.

"—신이여!"

그때, 어둠을 찢어내는, 뇌명과 비슷한 기도가 울려 퍼졌다.

"—윽!!"

거기서부터의 움직임은, 눈에 보이지도 않았다. 의식보다 빠르다. 그저 몸이, 멋대로 움직인 것 같았다.

검은 옷의 남자가 입가를 움직이고, 중얼중얼 뭔가를 읊었다—그리고, 그러자마자.

붉은 빛이, 칼날에서 뻗었다. 잃은 부분을 보충하고, 더욱이 날카롭게.

솟아나는 것처럼, 남자에게서 거무죽죽한 **기**가 부풀어 오른다. 덮쳐온다.

당신은 그저, 그에 맞추었다.

"키에에에에에에에에에에이잇!!"

그것은 《퓨전 블래스트》와도 비슷한, 붉은 죽음의 격류였다.

검은 옷의 남자가 휘두르는 칼날에 달라붙은 죽음은, 검붉은 새의 모습을 취해 해방되었다.

휘두른 칼날에서 튀어나온 봉황이, 그 죽음의 날개를 펄럭이며 나아간다.

노림수는— 당신이 아니다. 지금 그야말로 신에게 그 마음을 외치고자 하는 여주교에게.

—예(銳)!

그래서 당신은, 하염없이 뻗은 그것에 맞추어 손에 든 만도를 휘둘렀다.

그 칼날에, 날이 빠진 곳이 있다고, 지금 깨달았다. 도신의 한가운데쯤에, 분명히 상처가 있었다.

아마도 방금 전, 요도를 한칼에 부러뜨렸을 때 생겼으리라.

그러나.

—부러지지도, 휘어지지도 않는다. 이것은, 좋은 칼이다.

따라서.

당신은, 다가오는 죽음을, **돌려보냈다.**

"무, 슨—?!"

베는 것이 아니다. 그저 비껴내기만 하는 것도 아니다.

과거에 시노비의 단검을 그렇게 한 것처럼. 붉은 섬광이 반대로 돌아가 묘실을 꿰뚫었다.

　방금 전에, 찰나의 간파로 **이룩한**, 그 태도.

　반사의 오의. 주문 편향과 비슷하나 주문 편향이 아니다. 실전된 제3의 형태. 제다이(睼點已)의 영역.

　과거에 장난삼아 범이 어린아이에게 전수한 무의 기술이, 죽음을 받아친 것이다.

　"키, 아! 카악!!!!"

　비명인지, 기합인지.

　죽음의 불꽃에 불타면서도, 검은 옷의 남자는 기이한 외침을 지르고 더욱이 거듭해 붉은 칼날을 휘둘렀다.

　그때마다 죽음을 부르는 붉은 섬광이, 주술탄의 비가 되어 당신에게 쏟아져 내린다.

　그것을 당신은, 돌려보낸다.

　기합을 넣어서, 돌고, 춤춘다. 그 고대의 엘프 용사처럼.

　한 발. 또 한 발. 한 수를 실수하면 죽음에 이르는 공방을, 몇 번이고 반복하여, 거듭해, 나아간다.

　그 등뒤에서.

　여주교가, 부르짖었다.

§

　"신이여!!"

　짤랑. 힘차게 두드린 천칭검의 울림이 검격음을 넘어 묘실을 꿰뚫었다.

그 눈을 뒤덮은 안대와, 가슴팍을 채색하는 파란 장식끈. 모두 동료가 맡겨준 증거다.

그것을 성인과 아울러 살며시 쓰다듬은 그녀는, 보이지 않는 눈동자로 하늘 높이 우러러 보았다.

묘실의 천장을 꿰뚫고, 몇 겹이나 이어지는 미궁의 층을 빠져나가, 그 위, 머나먼 저 너머.

성스러운 항아리의 성탁에 거하는 존귀한 손들에게, 그녀는 외쳤다.

“저는, 지금까지 기도하는 자로서 걸어왔습니다!”

설령 고블린 놈들의 노리개가 되더라도.

설령 벗에게 방치되어, 홀로 주점에 남겨지더라도.

설령 주점의 구석에서 구경거리, 웃음거리가 되는 나날을 보내더라도.

설령 미궁의 중추에서 벗이 모두 《죽음》에 삼켜져, 재가 되어 잃었다 해도.

그녀는 계속 걸어왔다.

어째서인가?

“보답을 바란 것이 아닙니다! 걸어온 길을 지켜봐 주신다. 그것만으로 충분해요!!”

그렇다.

기적이 필요하니까, 기도하는 것이 아니다.

도움을 바라니까, 기도하는 것이 아닌 것이다.

천상의 손[플레이어]은 언제나, 기도하는 자[플레이어 캐릭터]의 곁에 있다.

이길 때도, 질 때도.

모험가는— 그저 그뿐이지, 달리 아무것도 바라지 않는다.

"고블린에게 희롱당한 계집이, 무엇을—."

"그렇기에!"

그러나 이때, 여주교는 확실하게, 자신의 바람을 입에 담았다.

물론 모든 것은 《숙명》과 《우연》의 주사위에 좌우된다.

그 결과는 신들이라 해도 좌우할 수 없다.

당신은 그것을 긍정했다. 당신은 그것을 존중한다. 무엇보다 좋은 축언이라고, 그렇게 생각한다.

그러나. 그래도. 그렇기에.

"지금 이때야말로, 기합을 넣어, 주사위를 던지세요! 그렇지 않다면—."

그녀는, 신을 공갈했다.

"—저는, 두 번 다시 기도하지 않아요!!"

그 순간, 빛이 작렬했다.

"끄, 아아, 아아⋯⋯?!"

검은 옷의 남자, 이미 거대한 그림자가 되어가고 있는 미궁의 주인은, 무심코 그 백광에서 고개를 돌렸다.

당신도 마찬가지다. 지상에 태양이— 아니, 번개가, 뇌정(雷霆)이 떨어진 것처럼 눈부시다.

도저히, 직시할 수 있는 것이 아니다. 무심코 팔을 올려 눈을 가린다. 눈을 가늘게 뜨고, 당신은 그녀를 보았다.

—신기.

이 압도적인 빛. 미궁의 어둠을, 묘실의 그림자를 몰아내는 그것은, 그야말로 그것 말고는 생각할 수 없었다.

이 새하얀 신기에 휩싸인 지금, 여주교의 존재감— 그렇다. 존재감은, 압도적인 것이었다.

당신은 그녀의 모습이, 올려다볼 만큼 커다랗고, 위대하고, 무릎 꿇고 싶어지는 존재처럼 보였다.

물론, 그것은 환영이다. 자그마한 소녀의 몸은, 분명히 그곳에, 작은 모습 그대로였다.

그렇지만— 그것을 뒤덮은 것처럼, 당신은 그 존재를 확실하게 인식할 수 있었다.

티 없는 하얀 옷을 입고, 긍지 높게 천칭검을 치켜든, 그리고 눈가를 안대로 가린 여성의 모습을.

위대한 여주교의 환영— 지고신의 형상.

이것이야말로, 올바르게 여주교가 걸어온 모험의, 그 결과였다.

자그마한 소녀가, 겁먹고, 떨고, 견뎌내며, 열심히 일어서서 걸어온, 그 결과다.

그녀는 여기까지 해냈다. 여기까지, 온 것이다. 사방세계를 위협하는 재앙의 그 눈앞까지.

암흑의 성채 가장 안쪽에까지 그 위광이 닿지 못하더라도, 경건한 신도의 목소리에 응하지 않는다면 뭐가 여신인가?

지금 이 순간, 그야말로 그 신은 **이곳**에 거하는 것이다……!

"설마, 《콜 갓》의 기적을 일으키기라도 했다는 건가……?!"

"야, 아아아……앗!"

© lack

사랑스럽게, 그러나 그 이상으로 신성한 외침을 올리며, 지고신이—

여주교가 천칭검을 휘둘렀다.

그저 한번. 그것만으로, 그림자가 떨린다.

다시 한번. 그림자가, 찢어져 날아간다.

더욱이, 한번. 검은 옷의 남자를 뒤덮은 그림자가, 괴로워하며 몸부림치고, 버둥거렸다.

이것이 근원의 빛. 새벽을 부르는 소란스런 발소리. 여명의 빛과 다름이 없다.

"물러나세요, 무례한 자……!"

여주교는, 자비롭지만, 용서하지는 않는다.

심판을 내리는 것에 가능한 사정을 참작하고, 벌을 내리는 것에는 사심을 두지 않는다.

그러나 사악과 맞서려면, 정의가 필요하다.

신이 내린 정의가 아니다. 사람이 자신의 의지로 생각하고, 고르고, 붙잡아, 치켜든 정의가.

그것이야말로 지고의 신이 사람들에게 바라는, 맡긴— 법과 질서에 다름 없는 것이니.

"그저 강함만을 존중한다고 하셨죠?! 그렇다면, 저희들의……."

—그렇다.

그녀의. 당신의. 당신들의. 온갖 모든 자들의.

"—모험에, 방해됩니다……!!"

^{플레어}
신기가, 삼천세계를 뒤덮었다.

그것은 지상임에도 태양이 빛나는 것 같은 빛의 폭발이었으며, 성스러운 검의 초래이기도 했다.

소리도 없고, 시야도 없다. 하염없이 청량한 바람이 휘몰아치는, 가운데.

"……아……으……?"

희미하게 약한 목소리가, 울린다. 그러나 그 목소리를, 당신이 잘못 들을 리도 없다.

백광에 흐려진 눈을 깜박이고, 당신은 그녀의 이름을— 번호가 아닌, 그 이름을 불렀다.

바닥 위에 기어 다니고 있던 여전사가, 하드우드의 창을 의지하여 천천히 일어서고 있었다.

그녀는 멍하니 자신의 목을 파헤쳤던 상처를 쓰다듬고, 믿을 수 없다는 표정으로 당신을 보았다.

"나아…… 버렸어……."

치명적 일격과 《퓨전 블래스트》에 의해 입은 상처는, 치유되어 있었다.

당신은 무심코 자신의 목덜미에 있는 흉터를 더듬었다. 과거의 흔적은 있다. 그러나 그뿐이다.

당신 자신 또한, 그 몸에 입은 부상은— 아무데도, 남지 않았다.

"핫하아……! 이야, 기깔난다! 이거 지고신님한테 입신을 해도 되겠다 아이가!"

펄쩍 뛰어오르듯 하프 엘프의 척후가 소리를 내고, 그 양손으로 나비 단검을 번득였다.

"신심이 옅구나."

미르미돈 승려가, 쑥 몸을 일으켰다.

"나는 교역신 외길이다."

《돌고 돌아 바람이 되는 나의 신, 기류마저도 뒤집어, 주사위의 천지를 뒤집음에 눈감으소서》.

그렇게 허세를 부리는 기도는, 분명히 지금 그야말로 그런 결과를 불러들였다.

최악의 상황이었다. 당신 말고는, 제대로 싸울 수 있을 리 없었다. 전멸이 필연적이었다.

─그것이, 어떤가?

모두 일어섰다. 모두 살아있다.

"상……."

그렇게 외친 종누이가, 콜록, 켈록, 기침을 했다.

"……황, 은……!"

─보시는 그대로.

적의 전력은 크게 깎여나갔다. 추종자도. 무기도, 술법도. 그에 비해 이쪽은, 아직 건재하다.

"하, 아……앗."

불과 한순간이라지만 지고신에게 절대의 무기를 빌린, 검의 처녀가 숨을 내쉬었다.

"노력, 했어요."

미약한 미소를 지으며 중얼거리는 말은 대단히 가늘고, 갈라지고 있었다.

신들을 그 몸에 내린 것이다. 그 영혼이 얼마나 깎여나갈지, 당신은 상상도 못한다.

그러나, 그녀는 섰다. 서 있다. 천칭검을 의지하여, 종누이의 부축을 받으며.

"아직, 할 수 있어요……!"

그래. 대답하고, 당신들은 대열을 가다듬었다.

종누이가 짧은 지팡이를 쥐고, 후방의 지휘를 장악하여 주문을 뽑아낼 기회를 노린다.

미르미돈 승려는 느긋하게 만도를 역수로 쥐며, 턱을 울리고, 교역신의 가호 있으라하고 바람을 읽는다.

검의 처녀인 여주교는 천칭검을 의지하여 숨을 정돈하고, 보이지 않는 눈동자로 전장을 노려보았다.

하프 엘프 척후는 희미한 미소를 짓고, 양손에 나비 단검을 겨누며 자세를 낮추고 허를 노린다.

여전사는 옆에 선 상대를 보고 꽃이 피는 것처럼 미소 짓고, 휘리릭 하드우드의 창을 돌려 겨누었다.

그리고, 당신은 동료를 이끌고 똑바로 적과 대치하며 만도의 끝을 내밀었다.

평소처럼. 아무것도 다를 바 없다. 그렇다, 무엇 하나 변할 리가 없는 것이다.

미궁을 답파했다. 묘실에 들어섰다. 괴물을 토벌하고, 재화를 손에 넣어, 귀환한다.

"뭐야, 뭐냐아……."

눈앞에는 검은 옷의 남자— 아니, 미궁의 주인이, 부러진 칼을 손에 들고 이쪽을 보고 있었다.

놈은 부러진 붉은 칼날로 어깨를 두드리고, 남은 그림자를 끌어 모으며, 아직도 웃고 있었다.

그것은 이미, 사람의 존재 방식이 아니리라.

귀신을 만나면 귀신을 베고, 신을 만나면 신을 베고, 그저 앞으로 나아간다.

마음에 안 들기 때문이라거나, 방해가 된다거나, 그런 이유가 아니다.

하염없이 자신의 역량을, 무위를 보이기 위해서만.

그저 그것뿐이라면, 마검과 요도의 칼집으로 변질되었다고 정리해버릴 수 있으리라.

그러나— 눈앞에서 남자의 눈동자는 활활 타오르고 있었다.

당신들을 베어 쓰러뜨린다는 미래 말고는, 보이지 않는 것 같았다.

그것은 결코 검을 휘두르기만 하는, 어리석은 자의 태도가 아니다.

요도에 매료되어, 요도를 분명하게 거느리고, 영겁의 반려를 얻은 무시무시한 검사의 모습이었다.

—수라다.

마검사가 아니다. 이미 그것은, 마검호라고 부르는 수밖에 없는 존재이리라.

칼집이 아니라, 죽음을 부리는 자, 시스(弑須)로 변해버린 것이다.

그저 검으로 사람을 베고 싶기에, 세상을 멸망시킨다.

이것은 그런 것이다. 이 남자는, 그런 것이, 되어 버렸다.

승부 말고는— 자신이 이기는 것, 적을 쓰러뜨리는 것, 적을 죽이는 것 말고는, 모르는 것이다.

그러나— 그 눈에 흔들리는 당혹의 색을, 읽어내지 못할 당신이
아니다.

"마치 이길 셈, 인 것 같군. 으응?"

아니.

당신은 확실하게 답했다. 놈이 뭐라고 하든. 바보 같은 이야기다.

당신은. 당신들은.

—모험을 하는 것이다……!

§

"살(殺)……!!"

마검호로 변한 검은 옷의 남자가 휘두르는 붉은 칼날에서, 잇따라
주술탄이 쏘아져 나왔다.

시야를 뒤덮을 정도의 주술탄 제각각에, 치사나 그에 준하는 진정
으로 힘 있는 말이 깃들어 있는 것은 명백.

그것을, 당신이 요격한다.

좌아. 묘실의 바닥 돌에 발을 내밀고, 오른쪽으로, 왼쪽으로, 종
횡무진 자유자재로 칼날을 휘두른다.

방금 전의 천지인, 운기체의 혼연일체가 된 경지는 흐려져가고 있
었지만, 당신의 검은 자유다.

쓰윽. 그림자 같은 남자가 미끄러지듯 당신과 거리를 좁힌다. 놈
의 간격은, 역시 짧다.

그때, 당신의 칼에 무언가 부드러운 것이 날아와 부딪히고, 뒤엉킨다. 은은한 밀랍의 향.

"《아르마[무기]…… 마구나[마술]…… 오페로[부여]》!"

종누이의 날카로운 영창과 함께, 당신의 칼날에 이력[포스]의 창백한 등불이 타오른다. 감사하기보다 전에, 해야 할 일부터.

―힘을 내리라! 힘을 내리라! 힘을 내리라!

당신은 만도를 바퀴처럼 돌리고, 붉은 칼날을 튕겨내, 받아내, 흘리고, 반격하고, 때려 넣는다.

윤곽선[와이어프레임]만 퍼지는 묘실의 어둠 속, 눈이 어지럽게 붉은색과 파란색이 뒤섞이고, 검격의 불똥이 튄다.

―하.

당신은 웃었다. 부러진 요도. 날이 빠진 만도. 그것으로 서로 격돌하는, 달인과, 달인.

역시 이것은, 반반이다. 당신의 기술과, 몸과, 다음은 주사위 나름―아니.

"대장, 좋대이……!"

"여엉차……!"

당신은 힘을 주어 칼날을 밀어 올리고, 후방으로 거리를 두고자 넘어지듯 물러났다.

그때 좌우에서 두 개의 그림자가 재빨리 뛰어들었다. 번득이는 은광은, 셋.

커다랗게 호를 그리는 단검과 성스러운 창이, 붉은 칼날과 정면으로 부딪히고 튕긴다.

"하, 앗하아아!!"

─가볍다.

부러지고서도 날카로운 요도가, 아니면 검은 옷의 남자가, 쉽사리 두 숙련자의 연계를 물리친다.

그러나, 그 한순간. 그 한 박자에, 당신은 한 호흡을 정돈하기로 한다.

숨을 들이쉬고, 내뱉는다. 칼날에 미끄러지는 밀랍을 손등으로 비벼 길게 늘이며, 당신은 앞으로 몸을 던졌다.

"이거, 되다 아이가……! 알고는 있었는데!"

"이길 수가 없네에, 6대1인데!"

스쳐 지나는 동료들. 그것을 몰아붙이는 적의 주술탄. 다음을 맡은 당신이, 촥, 막아 섰다.

오른쪽, 왼쪽, 위. 다가오는 필살의 주술을, 생각하는 그대로 태도를 휘둘러 받아 친다.

몸이 움직이는 것에 그대로 따르는 것 같기도 하고, 마음 가는 대로 움직이는 기술이며, 어쩌다가 운이 좋은 것뿐이기도 했다.

그러나, 또 한번. 당신은 사선을 헤쳐나가, 모두를 지키고, 적에게 다가간다.

차례차례 덮치는 붉은 칼날을 쳐내며, 튕겨내고는, 곧장 당신도 다시 칼날을 때려 박으러 간다.

"어이, 어쩔 거냐!"

타각 턱이 울리는 소리.

"회복인가, 지원인가. 어느 쪽이라도 상관없다……!"

“지금, 생각하고 있어요!!”

종누이가 비명처럼 응답했다.

이럴 때, 무엇보다 고마운 것은— 당신이 혼자가 아니란 것이다.

맞서 베는 와중에 당신이 신경을 쓸 수 있는 건 눈앞의 상대, 그리고 좌우의 전위들이 한계였다.

그러나, 당신에게는 후열에서 방심하지 않고 주위를 살피며, 상황을 파악해 지시를 내려주는 자가 있다.

—죽기 전에 한 마디 정도는 감사를 해도 되겠어.

미안하지만, 맡긴다.

당신이 적과 대치한 채 종누이에게 외치자, 희미하게 그녀가 숨을 삼키고 손톱을 깨무는 소리.

그 이상, 당신이 후방을 돌아볼 여유는 없다. 그러니까, 알 수 있는 건 귀에 들어오는 대화다.

“아—.”

휘유, 휘유. 갈라진 숨결을 뱉어내면서, 여주교가 뭔가를 속삭인 것 같았다.

종누이는 그것에 귀를 기울이고, 한 번 되묻더니, 그리고— 사삭 짧은 지팡이를 치켜들며 외쳤다.

“그녀의 치료, 저희들에 대한 지원, 양쪽 부탁 드립니다!”

“알았다!”

미르미돈 승려의 교역신에 대한 기도가, 기분 좋은 바람이 되어 여주교를 향해 불었다.

축도는 잃은 영혼의 소모를 보충하는 것은 아니리라. 그렇지만,

활력을 불러 일으키는 데는 충분.

짤랑. 천칭검이 울리고, 여주교가 일어서는 걸 알 수 있었다.

종누이가, 당신을 향해 소리를 높였다.

"되갚아주도록 해요!!"

그 의미를, 가장 오래 함께 지낸 당신이 알지 못할 도리가 있을 것인가?

―당신이 할 수 있고, 놈이 못하는 것.

있다.

있지 않은가?

당신은 부탁한다고 외쳤다. 전위 두 사람도, 그걸로 이해한다. 이해해준다.

"좋았어, 맡기 두라!!"

"좋아, 해보자……!"

"무엇을―!"

모르는 것은, 놈뿐이다.

그렇다고 해도, 당신들도 딱히 모든 것을 이해한 것이 아니다.

말 따위 필요 없다. 종누이가 뭔가를 떠올렸다. 당신이 그렇게 한다고 정했다.

그러니 다음은 모두 그것을 돕는다. 그저 그뿐이다.

그거면, 충분했다.

"―말하고 있는 건가아!!"

놈의 참격을 당신은 칼날로 받아냈다. 도신이 맞물리고, 힘겨루기.

검은 옷의 남자가 밀어내려고 힘을 주었다. 만도가 삐걱삐걱 소리를 낸다. 그러나.

—부러지지도, 휘어지지도 않는다.

그래서, 당신은.

“—윽?!”

힘을 풀었다. 밀어내려고 하던 요도가, 낚여서 올라간다. 남자가 발을 구른다.

당신은 그 순간, 혼신의 힘을 담아 칼을 치켜들었다.

“크, 아……악?!”

외치면서, 남자가 뛰어 물러났다. 무너진 자세를 바로잡기 위해서. 당연하다.

1대1이라면 그러면 된다. 그러나— 그렇지 않다.

“……후, 훗.”

여전사의 아리따운, 그렇지만 동시에 앳된 웃음소리가 귓가를 간질였다.

그녀는 입가를 느슨히 풀고서, 살며시 하드우드의 성스러운 창날 끝에 입맞춤을 내린다.

그리고 그 물미를 차올렸다. 빙글 1회전. 그녀의 손바닥 안에서, 창이 춤춘다.

“잘 봐?”

달콤한 속삭임.

“여엉—차아!”

강철 신발의 울림.

그야말로 그것은, 전쟁여신의 창이었다.

그녀가 차올린 성창은 한순간의 빛줄기가 되어, 어둠을 달렸다.

빛을 보았을 때는 이미 늦는다. 번갯불이 뇌명을 앞서는 것처럼.

"크, 아아아아아악?!"

검은 옷의 남자가 믿을 수 없다는 기색으로 선혈을 뱉어내고, 드디어 그 배를 창날이 꿰뚫은 것을 보았다.

꿍음과 함께 벽에 처박힌 그 깡마른 몸을, 깊숙하게 박혀 있는 창이 꿰어버린 것이다.

"이, 노옴!! 아직이다, 아직— 윽!"

피에 젖은 손으로 창을 쥐고서 뽑아내지만, 그것은 이루지 못한다.

축복받은 하드우드의 창은, 교역신의 가호를 받고 있었다. 그리고 여기에는, 그 신의 신도가 있다.

"돌고 돌아 바람이 되는 나의 신!"

바람이, 불었다.

절명이차원^{데드 스페이스}의 가장 깊은 곳에 있는 이 공간에, 어디선가 모르게 바람이 지나고, 볼을 쓰다듬는다.

그 청량한 바람은 묘실에 누워있는 그림자를 흩어 버리며, 두 사람의 아가씨 주위에서 춤추었다.

여주교와, 종누이— 두 사람은 자매처럼 손을 맞잡고, 서 있었다.

"《내 마음을 저 너머로, 그 마음을 이리로》!"

미르미돈 승려의 축도가 완성되고, 《트랜스퍼 멘탈파워^{진정}》의 기적이 일어났다.

수많은 술법으로 피폐해진 아가씨들의 기력은, 사람이 아닌 마음의 방식을 가진 미르미돈 승려에게 보충되었다.

짧은 지팡이를 들었다. 천칭검을 휘두른다. 읊조리는 진언은 거듭해서 셋. 뿜어내는 주문은 오로지 하나.

"웬토스!"

바람이여!

"루멘!"

빛이여!

""―리베로!!""

우리들의 기도여!

거듭되는 두 영창이, 묘실에 가득히 빛과 바람과 함께 휘몰아친다.

그렇게 만들어진 압도적인 파괴의 열량. 그것이 똑바로 해방된다―.

―당신 한 사람에게.

당신은 창백한 불꽃을, 칼날로 받아냈다. 열이 깃든다. 등불이 타오른다.

폭염이 당신의 몸을 날려버리고자 뒤덮는다. 쓱, 발이 미끄러진다. 바닥 돌을 짓밟는다.

기식을 정돈한다. 열풍을 폐에 담아낸다. 만도를 단단히 쥔다. 다음, 한 호흡.

문득, 천상의 주사위가 굴러가는 소리가 들린 것 같았다.

신들이 마른 침을 삼키고, 반면을 향해 몸을 내미는 기척이 있었다.

사방세계의 중심은― 지금, 여기다.

"이이이이이이이야아아아아아앗!!!!!!"

당신은, 짖었다.

무명의 만도가 은빛 호를 그리며 묘실을 찢어냈다.

봉황인지 용인지 모를 기의 덩어리가, 일섬이 되어 미궁을 달렸다.

검은 옷의 남자가 부러진 요도를 겨누었다. 그러나, 소용없다. 당신은 알고 있었다.

—이 남자는, 술법은 베지 못한다.

"오, 아, 아아아, 앗?!"

쫙. 하고. 먹물처럼 피보라가 뿜어져 나오며, 남자가 크게 몸을 젖힌다.

손맛이, 있었다.

남자를— 미궁의 주인을 뼈와 근육뿐 아니라. 당신은 그 등뒤에 자리 잡은, 그림자를 베었다.

죽음을 베었다. 그 손맛이 있었다.

그러나, 그렇지만— 아직, 마음을 남긴다.

당신과 놈의 눈이 마주쳤다. 놈은 거무죽죽한 피에 젖으며, 그 눈을 활활 태우고 있었다.

당신을 노려본다. 입이 열린다. 씨익 일그러진 입구멍에서, 당신을 향해, 무언가, 저주가—.

"잡았대이이!!!!"

그 목덜미를, 그림자처럼 뛰쳐나온 하프 엘프 척후가 잘라냈다.

나비 단도가 아니다. 날카로운 수도로 잘려 날아간 목은, 툭, 툭 공처럼 튕겼다.

데굴데굴 굴러간 남자의 얼굴은, 마지막의 마지막까지 자신의 승리를 확신한 추악한 웃음.

당신은 후, 커다랗게 숨을 내쉬고, 만도의 피를 떨쳐낸 다음, 천

© lack

천히 칼집에 넣었다.

찰칵. 칼집 소리가 울렸다.

그리고, 묘실에 정적이 찾아왔다.

§

"끝난— 거야……?"

믿을 수 없다는 작은 말은, 다리에 힘이 풀려 주저앉아 있는 여전사의 것이었다.

그녀의 말을 계기로, 당신들은 퍼뜩 묘실에 서 있는 자신들을 발견했다.

다들 완전히 지쳐 있었다. 신들의 기적으로 상처가 치유되긴 했지만, 사선을 헤쳐 나온 것이다.

숨을 내쉬고, 주저앉을 것 같은 무릎을 질타했다.

당신은 리더^{두목}인 것이다. 쓰러진다고 해도, 모두보다 나중에 쓰러져야 한다.

"……아마, 도."

하프 엘프 척후가 중얼거렸다.

"무아지경이었다 안하나. 생판 모르겠다."

그는 평소와 딴판인 느릿느릿한 움직임으로, 검은 옷의 남자의 주검에 다가갔다.

보다 전투에 주력한 탓이리라. 평소보다 손끝이 둔해진 것도, 무리가 아니었다.

하프 엘프 척후는 검은 옷의 남자의 주검에 박혀있는 하드우드 창을 손으로 잡아, 어떻게든 뽑아냈다.

"받으라, 누님아."

"……응. 고마워……."

그가 내민 창을 여전사가 받아내고, 앉은 채로 끌어안았다.

그 모습을 곁눈질하며, 당신은 여주교 곁으로 갔다.

소모했다는 의미에서는, 무엇보다도 신경 쓰이는 것이 그녀였다.

지고신을 그 몸에 내린 것이다.

묘실에 가득한 신기는 사라져가고 있지만, 그 부담은 당신이 상상도 할 수 없는 것이었다.

당신의 부름에, 역시 오도카니 묘실 구석에 앉아 있던 그녀는, 멍하니 당신을 보았다.

"어쩐지, 아직 둥실둥실하고……. 여기가……."

무사한지 묻는 소리에, 여주교는 꿈꾸는 것처럼, 들뜬 목소리로 응답했다.

살며시 그 작은 가슴을 장식하는 파란 장식끈에, 가녀린 하얀 손을 대고서, 고개를 끄덕였다.

"……따스하고……네. ……아마도……괜찮, 답니다."

그런가. 당신은 응답했다. 그리고, 해냈군, 하며 그녀의 어깨를 가볍게 두드렸다.

여주교는 그 의미를 조금 생각한 모양이지만, 이윽고.

"……네."

꽃봉오리가 피어나는 것처럼, 미소를 지었다.

지쳐 빠져있기는 하지만, 언젠가 사원에서 본 그녀의 미소였다.

분명 그때 그 순간, 그녀의 친구도 있었으리라. 어쩐지 모르게, 그런 생각이 들었다.

"……진언이란 것은, 꽤나 힘든 것이구만."

그런 대화 사이의 괜찮은 때를 재서, 미르미돈 승려가 타각 턱을 울렸다.

그는 파티 안에서 가장 소모가 나은 편이지만, 심하게 지친 것은 명백했다.

벽에 기대어 팔짱을 끼면서, 자신의 머리를 두드리듯 그 촉각을 흔들며 투덜댔다.

"머릿속을, 마구 휘저은 기분이다……. 용케 버티는군?"

"……신의 말씀이라는 의미에서는, 기도…… 기적과 큰 차이가 없으니까요."

키득. 여주교가 미소를 지었다.

마술의 자질이 있다는 것은, 결국은 재능에 의한 것이 컸으리라.

당신이 아무리 신심이 깊어지더라도, 신들에게 직접 탄원할 수 있을 기분이 안 드는 것과, 비슷한 것이다.

술법, 진정으로 힘 있는 말을 다소나마 익힌 당신이기에, 알 수 있다.

─종누이의 부담도, 그에 걸맞은 것이리라.

그런 그녀가 어떤가 하면…….

"……."

한 마디도, 안 한다.

그녀는 꼬옥 아직 입술을 깨물고, 핏기가 가신 창백한 표정으로, 짧은 지팡이를 들고 있었다.

끝났다, 라는 감개는 없다.

그것은 당신도 마찬가지다.

막무가내로 만도를 휘두르고, 그저 달렸을 뿐이다.

여기가 마지막이라고, 그렇게 말해도— 갑자기 멈출 수 없는 것은 무리가 아닌 일이다.

그래서 당신은 무슨 말을 하고자, 종누이의 어깨를 두드리려고—.

"—아직이에요……!"

덜컥. 미궁이 흔들렸다.

묘실이, 아니다. 미궁 자체가 살아있는 것처럼, 튕긴 것 같았다.

"꺄……아?!"

짐승이 몸을 흔드는 것처럼 진동하는 바닥 위. 비명을 지른 것은 여전사인가.

당신은 반사적으로 그녀를 감싸듯 무릎을 짚고 앉아, 무슨 일이 있었는지 주위를 둘러보았다.

"차원이, 무너집니다……!"

—뭐라고?

큰 소리를 낸 것은 종누이였다.

땅울림, 올바르게 땅울림. 파멸적인 굉음이 주위를 뒤덮는 가운데, 그녀의 목소리는 잘 울린다.

"얼른 탈출하지 않으면, 말려들어서 모두, 삼켜져 버려요……!"

"탈출을 우찌 하나……."

필사적으로 버티고 선 하프 엘프 척후가, 사방을 둘러보고 외쳤다.

"출구 같은 기 암데도 읎다!"

"그 남자가 쓰던 샛길 같은 것은 없나……!"

"……모르겠어요!"

미르미돈 승려의 물음에, 절레절레 여주교가 고개를 좌우로 흔들었다.

후두둑 천장에서 분진이 떨어지는 가운데, 그녀는 어떻게든 사방을 둘러보았다.

"아니, 있었을지도 모르지만, 무너지고, 일그러져서, 이미……!"

그러면 어떡하면 될까?

여전사가 매달리듯 당신을 보았다. 아무 수가 안 떠오른다. 그러나, 그렇게 말하고 싶지는 않았다.

당신은 그녀의 손을 가볍게 쥐어주면서, 하염없이 머리를 굴렸다.

차원을 넘는다. 일그러뜨린다. 그것을 초월. 그런 것을 할 수 있는 수단은, 오로지 하나—.

—《게이트》의 술법.

"……밖에, 없겠어요."

종누이가 포기한 것처럼, 결심을 굳힌 것처럼, 어느 쪽인지 모를 기색으로 중얼거렸다.

《게이트》.

실전된 금술 중 하나— 이미 그 사용자는 사방세계에 존재하지 않는 것이다.

과거 사방세계를 유린하는 것처럼 휘저은 마술사들이, 마지막으로 사용한 주문.

그들은 카드를 뒤집는 것처럼 이 주문을 읊어, 세계를 건너갔다……라고 들었다.

따라서 지금도 이 사방세계에 남은 마술사들의, 궁극적인 목표 중 하나가 이 《게이트》였다.

어쩌면 이 미궁을 만든 마도사란 것도, 차원을 이렇게 만졌으니…….

딱히, 단순히 이 주문이 어떠한 진언인지, 기록이 없기 때문이란 것뿐이 아니다.

그리고 동시에, 이 주문이 단순히 고도한 것이기 때문이다. 라는 것뿐도 아니다.

과거에 어느 사령술사가 오만하게도 이 술법을 읊어, 사라지고, 그리고 다시는 나타나지 않았다고 한다.

어쩌다가 유적에서 작동하는 《게이트》의 함정에 걸린 자들이 맞이한, 그 말로.

당신들도, 여기까지 오는 도중에 보지 않았던가?

자신이 어디에, 어떠하게 나타날 것인지. 좌표를 머리에 그리는 것은, 참으로 어려운 일이다.

애당초 자신이 지금 어디에 있는지, 확실하게 말로 하는 것마저, 사람은 할 수 없는 일이다.

"뭐고오?! 두루마리라도 챙겼나……?!"

그렇지만, 두루마리라면 얘기가 다르다.

고대의 마술사들이 만들어낸 그것이라면, 여기에서 저 너머로 순식간에 날아갈 수 있으리라.

그라믄 어여 써달라고 하프 엘프 척후가, 큰 소리를 냈다.

이미 묘실의 구석에서, 윤곽선이 모래로 무너지듯 사라지는 것이 보이고 있었다.

그것이 자신들의 곁까지 닿을지 아닐지, 생각하고 싶지도 않다.

"아니요……."

그러나, 종누이는 팽팽하게 긴장한, 당장이라도 끊어질 현 같은 표정으로, 이렇게 말했다.

"……**영창합니다.**"

그럴 거라고, 당신은 생각했다.

여기까지 오는 여로에서, 누구보다도 먼저 차원이 일그러져 있는 것을 깨달은 것은, 그녀가 아니었던가?

마신의 초래를 발단으로, 어떻게든 해야 한다고, 하염없이 주문서를 읽고 있었다.

도달할 수 있었다고 해도, 신기하지 않았다.

당신이 아는 한 가장 뛰어난 주문의 사용자는— 누구랴. 다름아닌, 그녀였으니까.

"……맡겨줄래요?"

따라서 불안해 보이는 표정으로, 당신을 돌아보는 것에는 웃음이 나와 견딜 수가 없었다.

이제 와서 무슨 말이냐고 하려다가— 생각해보면, 제대로 말한 적은 거의 없었구나. 생각을 고쳤다.

당신은 웃고서, 그녀가 할 수 없다면 아무도 못한다고, 말해주었다.

종누이가, 눈을 크게 깜박였다.

"······운수 대결에서, 너는 진 적이 없었지."

미르미돈 승려가 깊숙하게, 뭔가를 곱씹는 것처럼 턱을 울리고, 종누이의 어깨에 손을 두었다.

"찬성한다. 이대로 차원 너머에 날아가는 건 사양하겠어."

그 말의 의미를 종누이가 이해하는 것보다 먼저, 살며시 그 소매를 끌었다.

"저도, 당신에게 걸겠어요. 당신이라면, 괜찮을 테니까요."

고개를 갸웃거리는 표정의 종누이에게, 여주교가 생긋 웃었다.

천칭검을 의지하여 어떻게든 모두의 곁까지, 기어오듯이 다가온 것이리라.

그에 비해, 하프 엘프 척후의 움직임은 경쾌한 것이었다.

"내는 뭣도 몬한다. 인자는 신이시여 누님이시여 부탁한대이."

그 또한 그렇게 말하고, 훌쩍 모두의 곁으로 다가왔다.

그리고 그는 팔짱을 꼭 끼고 눈을 감더니, 가슴을 쭉 펴고 당당하게 이리 말했다.

"자, 더 쫄기 전에 단박에 부탁한대이!"

아아, 정말이지! 이 능글맞은 태도에, 얼마나 당신들이 도움을 받았던가.

물론 진심으로 겁을 먹었을지도 모른다. 당신이 씨익 웃자, 척후 또한 씨익 웃었다.

그렇고말고, 어느 쪽이든 상관없다. 이거다.

"······그리고, 어디 이상한 곳으로 날아가도, 다 함께니까."

당신의 손을 잡고, 살금, 살금 여전사 또한 일어섰다.

땅이 울리고 흔들리는 와중에, 그녀가 의지하는 것은 하드우드의 창과, 그리고 당신이다.

기대는 것처럼, 의지하는 것처럼, 당신의 손을 쥔 그녀는, 힐끔 당신을 올려다보며 한쪽 눈을 감았다.

"그러면, 무섭지 않아."

—라고, 하는군.

당신은 모두의 의견을 그렇게 정리하고, 종누이를 향해 어깨를 으쓱거렸다.

뒷일은 맡긴다. 의지하고 있다. 말로 하면, 그저 그뿐인 것이다.

그러나 그거면 충분하리라. 굳이 말하자면, 그거다.

—실패해도 불평 안 한다.

그 정도였다.

당신을 빤히 바라보던 종누이의 눈동자가, 희미하게 흔들렸다.

불안과 두려움, 혹은 자기자신에 대한 불신의 색이, 눈을 반복해서 깜박이는 틈에, 사라진다.

그 뒤에 남은 것은 평소와 같은— 언제나 자신만만한, 그녀의 대답이다.

"……네!"

이미 묘실의 윤곽선은 완전히 무너져 내렸다.

당신들은 암흑 한가운데 우두커니 서 있고, 발치의 바닥만 자신의 위치를 알려주고 있었다.

그러나 당신들은, 이 《죽음의 미궁》을 답파한 최초의 여섯 명이다.

그렇다면 무슨 일이 일어나든, 두려워할 것 없다. 당당하게 모험을 하면 되는 것이다.

모두 얼굴을 마주보고, 고개를 끄덕인다. 그것이 신호가 되었다.

종누이가 짧은 지팡이를 치켜들고— 세 가지 힘(ZED) 있는 말을 드높이 외쳤다.

§

파랑이다.

당신이 우선 맨 먼저 인식한 것은 그것이었다.

이어서, 부유감. 낙하. 충격.

푸악. 온몸이 때린 것처럼 저리고, 끈적한 무언가에 휩싸인다.

—가라앉는다.

차갑고, 숨을 쉴 수 없다. 주위는 어슴푸레하고, 몸은 납처럼 무겁다.

질질 휘감기는 무언가에 의해 아래쪽으로 끌려 내려간다.

입을 열자 무언가가 흘러 들어와서, 슬라임(점균)에 붙잡혔는가. 그렇게 생각할 정도였다.

필사적으로 몸부림치는 당신의 팔을, 누군가가 매달린 것처럼 움켜쥐었다. 여전사다. 당신은 그 손을 마주 쥐었다.

그녀를 끌어올리고자 하는데, 문득 팔이 막을 꿰뚫었다. 단숨에 몸을 끌어올렸다.

곧장, 눈부신 빛과 신선한 공기, 바람이, 단숨에 당신의 오감을 가득 메웠다.

—지상이다.

"콜록…… 콜록! 우, 에……엑."

커다랗게 기침을 하는 여전사의 등을 쓰다듬으며, 주위를 둘러보았다. 슬라임—이, 아니다. 물이다.

돌벽으로 둘러싸인 물속에, 아무래도 당신들이 뛰어든 모양이다.

—아니, 그보다도.

모두 어떻지? 무사한가?

"뭐, 뭐고오……?!"

"어이, 젠장……! 나는 헤엄 못 친다……!"

"히야, 아……앗?!"

첨버덩 물을 튀기며, 흠뻑 젖은 생쥐 같은 모두가 차례차례 수면에서 고개를 내밀었다.

마찬가지로 숨을 헐떡이며, 혹은 기문에서 물을 뿜어내면서도, 아무래도 빠진 기척은 아니었다.

그런데, 그때—.

"다, 당신들, 대체 어디서……?!"

올려다보자 석조의 벽 위에, 경악한 표정의 병사가 있었다. 눈이 마주친다.

어디냐고 물어보자, 「해자야」하며 당혹한 대답이 돌아왔다.

곧장 주위가, 소란스러워졌다.

아무래도 소동을 듣고 온 사람들이, 우글우글 구경하러 온 모양이다.

돌벽— 해자 위에서 고개를 내민 것은, 어디에나 있을 법한 도시의 사람들.

그 안에서 당신은, 외투를 깊게 쓴 그 정보상 아가씨의 그림자를 한순간, 본 것 같았다.

성채도시의, 해자―.

"……실수했어요!"

태평스런, 끝도 없이 밝은 목소리.

푸아아. 귀엽게 숨을 내뱉으면서, 드디어 종누이가 수면에 고개를 내밀었다.

"지하 10층에서, 10층 위로 날아가면, 공중이 되어 버리네요!"

천연덕스레 말한 그녀에게, 당신이 해야 할 말은 오로지 하나다.

―이~, **육촌** 녀석!!

"불평 안 한다고 약속했잖아요!!"

너무해! 그녀가 항의하는 소리를 내는 것을 계기로, 당신의 입에서 웃음이 흘러 떨어졌다.

흘러넘쳐 멈추지 않는 그것에 갸우뚱하며 눈을 크게 뜬 그녀 또한, 금방 키득키득 웃기 시작했다.

이렇게 되면, 이제 멈출 수가 없다.

당신들 여섯 명의 모험가는, 해자 안에서, 흠뻑 젖어 서로의 얼굴을 마주보며, 마구 웃었다.

여전사는 눈가에 번진 눈물을 닦고, 여주교는 입가를 누르며 어깨를 떨면서 웃고 있었다.

하프 엘프 척후는 크게 웃으면서 구경꾼들에게 말을 걸어 밧줄을 조달하고, 미르미돈 승려는 턱을 울린다.

통쾌하기도 하고, 유쾌하기도 했다. 이것 이상으로, 웃을 일이 어디 있단 말인가?

하늘은. 어디까지나 파랗고, 맑게 개어 있었다.

"설마 정말로 내가 가난뱅이 귀족의 3남이라고 생각한 것은 아니었겠지?"

젊은 국왕을 향해, 당신이 이 녀석 하면서 웃기만 하고 참은 것은, 그간 길러온 자제심의 결실이었다.

처음으로 들어선 성채도시의 본성은, 실용성을 추구한 견고한 구조의 성곽이었다.

솟아오르는 죽음을 막기 위해 벼락치기로 만들어졌다고 생각하기 어려운, 전쟁에 대비한 웅장한 석조의 성채.

드워프의 손으로 만들어졌다는 그것은, 그러나 오늘 화려하게 장식되어 있었다.

벽에서 펄럭이는 직물은, 팔덕의 화신인 영웅이, 나락에서 성상(星霜)의 서를 가져오는 모습이 그려져 있는 것인가.

혹은 혼돈의 화신이 봉인한 재의 마도사를 구하고자, 미궁에 도전한 자들인 것일까?

당신들은 바닥에 깔린 호화로운 붉은 융단 위에, 긴장한 표정으로 머물러 있었다.

어떻게든 몸가짐을 갖추긴 했지만, 본래 미궁에서 주워다 모아 사들여 마련한 잡다한 장비의 모음이다.

그야말로 모험가라는 모습은, 아무래도 감출 길이 없다.

과연 여주교는 당찬 태도. 종누이와 미르미돈 승려는 신경 쓰는 기색도 없었, 는데.

당신과 여전사, 그리고 하프 엘프 척후를 보면, 어떤 표정을 해야 할지 알 수가 없다.

게다가 대면하는 것이 —익숙한 얼굴이라지만— 새롭게 즉위한 국왕이 아닌가!

결론부터 말하자면.

금강석의 기사는 왕도에 뚫려 있는 마혈을 봉하고, 도읍에 평화를 되찾았다.

선대 국왕은 붕어했다. 불행하게도 마혈에서 뿜어져 나온 죽음에 의해 목숨을 잃은 것이다.

그런 것으로, 되어 있다.

미궁의 주인을 따르던 불사왕은, 금강석의 기사가 토벌했다.

그거면 되는 것이다. 일부러 퍼뜨릴 필요 없는 모험이란 것도, 세상에는 있다.

그리고— 당신들의 경우다.

"그러면, 모험가 제군."

임무 완료를 고하는 팡파레가 드높이 울려 퍼지는 가운데, 당신들은 젊은 국왕 앞으로 걸어나갔다.

왕의 손에는 금색으로 빛나는 금속판이 담긴 작은 상자가 있고, 그는 그것을 공손하게 받쳐들었다.

"제군들에게, 금 등급의 인식표를 내린다."

고개를 숙인 당신의 목에, 그 사슬이 짤랑 희미한 소리를 내며 걸린다.

"궁지를 가지고, 걸도록 하라!"

당신은 그 말에 응하고, 예법에 따라 —사전에 배운 그대로— 응대를 한다.

식전의 방에 모인 사람들이 당신들의 일거수일투족에 반응해, 대환성을 올리며 그 위엄을 칭송했다.

여섯 영웅.

그것이 당신들에게 내려진 칭호였다.

《죽음의 미궁》 최하층에 숨어있던 자를 타도하고, 세상을 구해낸 위대한 모험가.

—라고, 말을 하지만. 당신들 속에서 무언가가 극적으로 변할 리 없었다.

성채도시에서는 등급 따위 전혀 쓸모가 없었다. 금 등급이라 해도, 감이 오지 않는다.

그리고 영웅이라 불린다 해도 당신들은 당신들, 그저 모험가 그대로였다.

굳이 변한 것을 꼽아 보자면—.

"금화 5만닢이나 받았다 아이가, 우짤까……."

식전의 방을 나온 직후, 깊숙한 한숨을 내쉰 하프 엘프 척후의 손에 있는 가죽 주머니일 것이다.

왕국의 문장이 소인되어 있는 그것은 지독하게 거창하고, 또한 무거웠다.

무리도 아니다. 안에는 백금의 대형 화폐가 가득 들어 있으니까.

그리고 이 큰 재산마저도, 어디까지나 식전에서 건네주기 위해 조금 나눈 것일 뿐이다.

다른 방에 산더미 같은 금화가 기다리고 있는 것을 생각하면― 어째야 할지 모르는 것이, 당연한 일이다.

무릎 높이까지 쌓여있던 금화의 산은, 미궁에서 양껏 벌었다고 해도 그리 보기 쉬운 것이 아니다.

"일단은 맛있는 거라도 먹어요!"

"다 못 먹지 않나. 이건 역시, 견실하게 투자를 하거나 시장에 넣어서 말이다…….."

"그건 견실하지만…… 우응, 교역신 님께서 보시기에는 옳은 걸까요……?"

이렇게 여주교가 고개를 갸웃거리는데, 딱히 뭔가에 서둘러서 쓸 필요는 없으리라.

백금 등급 용사부터 내려온 전통이라고 해서, 왕국에서 맡아준다고 한다.

어디에 쓸지는 느긋하게 생각하면 된다― 그때, 당신은 문득 시선을 돌렸다.

여전사가 바라보는 복도 구석에, 무슨 기척이 있다, 고 생각했다.

기척― 기척이라. 당신은 희미하게 웃었다. 그런 것을, 나는 느낄 수 있는 것이군.

그 기척은, 은발을 가진 자그마한 소녀의 모습이었다.

그녀는 새로 맞추어 갑갑한, 익숙지 않은 시녀복을 입고 토닥토닥 여전사에게 다가왔다.

"해냈네."

"……응, 해냈어."

두 사람의 주먹이 톡 가볍게 부딪히고, 그녀들은 자매처럼 웃었다.

아니…….

그녀들이 본래 같은 고아원 출신이라면, 두 사람은 올바르게 자매일 것이다.

여전사는 은발 시녀의, 풀을 먹인 작업복을 보고 벙긋이 고양이처럼 눈을 가늘게 떴다.

"안 어울려, 그거."

"그러면 어울리게 할 거니까, 됐어."

뾰족하게 입술을 내밀며 삐치는 식으로 하는 것 말고, 그녀는 예리한 표정을 무너뜨리지 않는다.

그러나— 왕궁의 마혈을 공략하고, 그다음에 죽음의 군세와 결전을 한 것이 쉬운 일일 리도 없었다.

당신들 여섯 명이 영웅이라면, 금강석의 기사 파티도 영웅이 틀림없으리라.

일소되어 버린 왕궁 정치의 중진들을 대신하여, 그들이 앞으로 정무를 처리하게 되리라.

성미에 안 맞는다고 직위를 사퇴하는 자도 있었다고 들었지만, 그러나…….

—사퇴를 한다고 해도, 시녀를 맡는 것은, 참으로.

"그 사람, 내가 없으면 죽었다니까. 어쩔 수가 없어."

금강석의 기사 파티의 일곱 명째 모험가는, 그렇게 말하고 거창한 태도로 어깨를 으쓱거렸다.

―뭐, 앞으로도 힘들겠지.

식전에 참가하러 달려온 귀족들 중에는, 가면이라도 쓴 것처럼 표정이 없는 자가 종종, 있었다.

소태 씹은 감촉을 필사적으로 견디고 있었음이 틀림 없으리라.

모험 도락이나 하던 암약한 자가, 모든 것을 가로채간 것이다.

자기 편의적인 것만 생각하던 몸으로서는, 꽤 견디기 어려우리라.

지하미궁 안에서 기습을 경계하는 것보다는 낫겠지.

당신이 그렇게 말하자, 은발 시녀가 「그렇지 뭐」 하고 수긍했다.

"그러면, 보살펴주려고?"

"그럴 셈이야."

여전사의 물음에도, 은발 시녀는 태연하다.

그렇지만 방금 전 복장을 놀린 것을, 그녀는 결코 용서하고 있지는 않았던 모양이다.

틈을 발견했다는 듯, 은발 시녀는 차갑고도 부드러운 미소를 지었다.

"그쪽도 힘내고."

그 말을 들은 여전사가 어떤 표정을 지었는지는.

당신이 보는 것도, 못난 짓이라고 할 수 있으리라.

§

"……이거는 말이다. 한탕 크게 벌었다 케도 된다 아이가?"

성채도시의 활기는, 오래도록 이 도시에 머무른 자들도 처음 볼 정도였다.

평화가 찾아왔으니까, 라는 것뿐이 아니다.

경사다 축제다 크게 들뜬 사람들 중에는, 새로운 모험가들의 모습도 있었다.

그렇다. 새롭게 이 성채도시, 《죽음의 미궁》을 목표로 찾아온 모험가가 있는 것이다.

이유를 꼽아보면, 오로지 하나.

탈출할 때, 지하 깊은 곳의 차원이 무너졌기 때문일까.

5층부터 8층까지의, 고대의 보물고로 보이는 구역이 발견된 것이다.

죽음의 힘으로 재보를 만들어내던 남자는, 이미 이 세상에는 없다.

고대의 재보는 유한하다. 조만간, 멀지 않은 미래에는 모든 것을 빼앗기고 말라버릴 것이다.

그러나― 그때까지, 아직 적어도 얼마 동안은 이 도시는 모험가의 성지인 모양이다.

그런 경치는 주점에 다가감에 따라 색이 짙어진다. 당신은 뭐 그럴 거라고, 척후에게 고개를 끄덕였다.

적어도 보통의 모험가가 벌 수 있는 액수가 아닌 금화를, 당신들은 손에 넣었다.

명예와 영달이라는 의미에서는, 어떤 종류의 「일단락」이라고 해도 될 정도였다.

"……그라제."

이렇게 진지한 표정으로 중얼거린 하프 엘프 척후가, 퍼뜩 황금의 기사 정 앞에서 발을 멈추었다.

"어이, 내 말인데. 쬐—깐 주점에 용건이 안 있나. 다들 먼저 가긋나?"

그렇게 말한다.

당신들 나머지 다섯 명은, 무심코 서로를 마주보고 말았다.

그가 이런 표정을 짓는 건 처음 보았다. 그러나 진지하기는 해도, 심각하진 않았다.

—도울 수 있는 일인가?

"어대."

당신의 물음에, 그는 손을 훌쩍 흔들었다.

"내 혼자 어떻게 해야 하는 일이래이."

그렇다면, 그러면 되는 거겠지. 당신은 알았다고 응답했다.

"그러면."

여주교가 고개를 끄덕였다.

"저는, 사원 쪽에 인사를 하러 다녀올게요."

"나도."

그것에 여전사가 따랐다. 그녀는 한시도 놓지 않는 하드우드의 창을 끌어안고, 볼을 풀었다.

"……언니한테, 제대로 보고를 해야지."

그것에, 과거와 같은 그림자나 우려는 없었다. 그것이, 당신에게는 기쁜 일이었다.

"응~, 저는 조금 어슬렁거리면서 거리를 보고 싶어요. 좀처럼 없는 기회니까요!"

“그럼, 나는 그걸 따라가지…….”

뭐, 종누이가 어슬렁거리면, 여러모로 불안이 생긴다.

미르미돈 승려가 그렇게 말해준다면, 당신에게도 고마운 일이다.

“어쩔 거지? 이쪽에 올 건가?”

어느 쪽이라도 상관없다, 인가. 당신이 중얼거리자 미르미돈 승려가 턱을 울렸다.

그도 좋겠지만, 당신은 말했다. 당신도 가봐야 할 장소가, 몇 군데인가 있었다.

그러니까 여기서 한 번 해산하자고 말하자, 다들 그것에 대해 반론은 없는 모양이었다.

“나중에 보자.”

서로 말하고, 삼삼오오 흩어진다.

마지막에 남은 당신을, 하프 엘프 척후가 힐끔 보고 고개를 끄덕였다.

“뭐, 잘 안 되믄 위로해주라.”

그러지. 당신의 한마디에, 그 또한 「간대이」라고 웃더니 주점 안에 들어갔다.

당신은 그 등을 배웅하고— 숨을, 내쉬었다.

다음 장소로 가기 전에, 어쩐지 모르게 『황금의 기사』 주점과 그곳에 출입하는 모험가를 보았다.

매일 아침 매일 저녁, 당신들은 여기로 찾아왔다.

그 마구간이나 간이침대는 문자 그대로의 의미로 당신들의 잠자리였다, 만.

―휴식처라고 하면.

여기였다.

상담하고, 잡담을 하고, 식사를 하고, 웃고, 돌아왔다고 숨을 내쉬는 건 이 주점이었다.

그러나, 이제 찾아오는 일도 없으리라.

그때―.

"누나를 찾으러 왔어요."

문득, 그런 말이 들렸다.

돌아보았다. 나이치고는 키가 큰 소년이, 동료와 함께 대로를 걷고 있었다.

비슷한 나이의 소녀나 키가 크고 검은 외투의 척후가 함께 있는 걸 보니, 모험가인가.

"그렇군. 누님이 성채도시에 나섰다면, 모험가가 되는 것이 제일인가."

"네. 그리고 마술 같은 것은, 고아원에서는 평이 그다지 안 좋아서……."

"미궁이라면 한탕 할 수 있을 지도 모르고."

"그렇네요. 세상의 멸망이 아직 물러났다고 장담은 못해요……."

"뭐, 여기 서서 얘기하기도 그렇군요. 우선 한숨 돌리고 나서도 늦지 않습니다."

중심에 있는 그 젊은이는, 아무래도 마술사 같았다.

문득, 과거에 본, 복숭아색 머리카락 아가씨의 생김새가 스친다. 그들이 우글우글 주점 안에 들어가, 탁자에 앉아, 여급을 불러 주문을 하는 게 보였다.

지금까지 계속, 당신들이 쓰던 원탁이었다.

―누나를, 발견하면 좋겠군.

당신은 진심으로 그렇게 믿으며, 천천히 성채도시의 인파 속을 걸었다.

§

"뭐어냐, 이젠 안 올 줄 알았다."

여전히 어슴푸레한 동굴 같은 가게 안쪽에서, 무구점 주인은 망치를 휘두르던 손을 멈추고 당신을 보았다.

영웅 모험가가 찾아올법한 가게가 아니다. 야유하는 것 같은 말에, 당신은 어깨를 으쓱거렸다.

적어도 그 영웅의 무기와 장비를 갖춘 것은 이 가게니까, 자랑스러워해도 될 텐데.

"어제 오늘이니, 그리 갑자기 뭔가 변할 것 같냐."

틀림없다.

당신은 깔깔 웃고서, 무구점의 주인장과 별것 아닌 대화를 거듭했다.

그래 경기는 어떻소? 미궁의 상태는 어떻고? 등등.

마치 내일이라도 다시 지하미궁에 갈 것 같은 대화였지만, 주인장은 웃고서 고개를 저었다.

"뭐, 당분간은 아직 이쪽에서 돈벌이다. 손님이 줄어들면, 변경 같은 곳에라도 옮겨야지."

―그렇군.

언젠가 이 성채도시의 재화가 메마르면, 다들 도시를 떠나 다른 곳으로 갈 것이다.

황금의 기사 주점도, 이 무기점도, 모두.

당신은 그렇게 폐허가 된 도시를 상상하려다가, 관두었다.

몇 년이나 나중 일이다. 그리 쉽사리 상상할 수 있는 것도 아니다.

적어도 그렇게 되어 버린다고 해도, 이 도시에는 무언가 모험이 있으리라.

그것만은 분명하다고 당신은 생각하면서, 허리의 칼집을 가볍게 두드렸다.

―만도를 한 자루 장만하고 싶다.

"뭐야? 결국 사고를 쳤나?"

그래. 당신은 수긍하고, 지하미궁 최심부에서 펼쳐진 전투의 전개를 가볍게 논했다.

진지하게 팔짱을 끼고 듣던 주인장은, 「그랬었구만」 하고 어려운 기색으로 중얼거렸다.

"그리 쉽사리, 믿기는 어렵다만― 네가 거짓말을 해봐야, 뭐 나올 것도 없지."

주인장이 말하고, 투박한 손가락 끝으로 가게 앞쪽에 매달아둔 도검류를 가리켰다.

"맘에 드는 걸로 가져가. 네가 부르는 값으로 팔아주지."

고마운 일이라고 당신이 말하자, 「작별 선물이다」라고 무뚝뚝한 말.

"기껏 하던 밥벌이가 없어지잖아. 얼른 사서, 나가라."

정말이지 욕심도 많다. 당신은 주인장과 서로 웃고서, 비좁은 가게 입구 쪽으로 쓰윽 눈길을 주었다.

그 뒤로 주인장이 벼려냈는지, 아니면 어디서 입하했는지.

가는 날의 만도— 당신이 쓰는 것과 비슷한 것도, 몇 갠가 늘어서 있었다.

적당하게 손에 집어, 칼집에서 뽑아 도신을 점검하고, 손에 잘 맞는지 자루를 쥐어본다.

그렇게 몇 자루를 확인하고 있는데, 문득 작은 그림자가 「실례합니다」 하고 가게에 들어왔다.

"뭐냐, 또 왔냐, 아가씨."

주인장이 기가 막힌다는 기색으로 말한다. 당신 또한, 그 소녀를 모르지는 않았다.

검은 머리를 언니가 묶어준, 작은 소녀다. 그 근위기사의, 여동생.

그녀는 당신을 보고 「와」라거나 「아」 같은 목소리를 낸 다음, 꼬물꼬물하며 고개를 숙여버렸다.

당신은 참으로 낯간지러운 기분이 들어, 볼을 붉적였다.

영웅이다 뭐다 칭송을 받아도 실감은 없지만, 자신을 동경하는 소녀란 것은, 참으로.

"검이 갖고 싶다고 말을 해도 말이다. 아가씨한테는 아직 이른 거 아니겠냐?"

"하지만……."

가게 주인이 말을 건 소녀는, 힐끔 당신을 올려다보고 조용조용 작은 목소리로 말했다.

"……지금부터 수련을 시작해서, 강해지고 싶어요."

―강해지고 싶다, 인가.

당신은 그 말에, 뭐라 말하기 어려운 심정이 되었다.

강해진다. 이긴다. 그것은 결코 나쁜 일이 아니다, 아니지만…….

그런 당신의 마음을 아는지 모르는지, 주인장이 턱을 괴고 온화한 어조로 소녀에게 말했다.

"언니한테 혼나는 거 아냐?"

"언니한테…… 혼나도, 괜찮아요."

소녀는 말했다. 어리고, 미숙하고, 현실을 모르는, 꿈꾸는, 그러나 올곧은 목소리로.

"굉장한 모험가가, 되고 싶으니까."

―당신은, 숨을 내쉬었다.

이기는 것밖에 흥미가 없었던 그 남자의 내력을, 당신은 모른다.

이 세상의 누구도, 모른다. 아무것도 안 남는다.

당신은― 어떤 것일까?

그 남자와 다르다고 드높이 외친, 당신은.

그렇게 생각했을 때, 당신은 자연스럽게 허리에 찬 만도를 풀고 있었다.

그것을 살며시, 앳된 소녀 앞으로 내밀었다.

"어―?"

그녀는 당황하고, 멍한 기색으로 당신을 올려다보고, 만도에 눈길을 내리고, 허둥지둥거렸다.

그리고 조심조심 양손으로 지탱하듯 만도를 받고― 그 무게에, 와아, 하며 몸이 기울었다.

당신은 웃고서, 가게 바닥에 한쪽 무릎을 짚어 몸을 숙였다. 소녀의 동그란 눈동자와 눈을 마주친다.

당신은, 말했다.

이것이 바로 죽음의 수괴를 치고, 그 칼을 부러뜨린 만도다, 라고.

―이것은, 부러지지도, 휘어지지도 않는, 좋은 검이다.

그러니까, 너는 반드시 이긴다.

"……읏, 네!"

소녀는 그 말의 의미를, 얼마나 이해하고 있을까?

그러나 표정이 활짝 빛나고, 받아 든 만도를 꼬옥 안고서, 그녀는 기쁘게 웃었다.

당신은 그녀의 검은 머리를 손가락으로 빗어주듯 한 번 쓱쓱 쓰다듬고, 천천히 일어섰다.

"……장사 방해를 하기는."

주인장이, 웃었다. 당신은 웃고, 어깨를 으쓱거렸다.

만도를 한 자루 사는 것이다. 이 소녀를 위해서 조정을 해주거나, 날을 갈아주는 것 정도는 좋지 않은가?

"부르는 값이라고 말해버렸으니."

그런 거다. 당신은 그렇게 말하고, 통 속에 있던 만도 한 자루를 뽑았다.

무명의, 그냥 만도다. 새로운 무기로 삼는데, 이것이 제일 좋을 것 같았다.

"요도를 꺾은 칼, 이라."

당신이 카운터에 금화를 놓자, 주인장이 힐끔, 소녀가 안고 있는 칼로 눈길을 주었다.

조심조심 칼집에서 뽑아, 구석구석 바라보는 것은, 당신이 휘두른 그 칼날이다.

도신의 한가운데에 살짝 날이 빠진 것을, 소녀는 마치 영웅의 훈장인 것처럼 바라보고 있었다.

언젠가 저 칼에, 새로운 무훈이 생기는 일도 있을 것인가?

소녀의 이름이, 서사시로 칭송 받는 일도 있을 것인가?

그것은 당신도, 주인장도 모르는, 훨씬 앞날의 일이었지만——.

"모험담이 아니라, 기담이구만. 성채도시의…… 모험기담이다."

그렇게 말한 주인장이, 씨익 입가를 끌어올렸다.

§

그렇게 성채도시를 어슬렁거리던 당신이 마지막으로 찾아간 곳은, 교역신의 사원이었다.

기나긴 계단. 그 위에서는 여전히 풍차가 소리를 내며 돌고 있었다.

휘유, 바람이 불었다. 계단을 오르는 모험가들의 머리 위를 지나쳐, 거리를 돌고 돈다.

변함없는 광경이다. 당신은 그 돌계단을 한 걸음 한 걸음, 단단히 밟으면서 사원을 향했다.

그것은 지금까지의 미궁에서의 걸음을, 신기하도록 당신에게 상기시키는 것이었다.

지하 1층에서는 고블린이나 슬라임과 맞섰다.

지하 2층에서는 그 초보자 사냥꾼 놈들과 맞서 싸웠다.

지하 3층에서는 무시무시한 시노비들과 싸워, 생사의 경계를 헤쳐 나왔다.

지하 4층에서는 미궁 탐색 경기를 펼치고, 그 파티와 자웅을 가르게 되었다.

지하 9층에서는 이차원에서 나타난 마신 놈들을 상대하여, 그것을 사냥해냈다.

그리고, 지하 10층.

그 밖에도 수많은 모험을, 당신들은 경험했다.

그것도 이것도, 이 도시에서 동료들과 만났기 때문이 틀림없다.

그리고 교역신이 만남과 이별을 다스리는 신이기도 하다면—.

"아아, 드디어 왔나요."

허리에 손을 대고 이쪽을 내려다 보는, 이 기분 틀어진 표정의 수도녀 덕분이기도 하리라.

당신은 여기저기를 돌아봤다고 변명 같은 말을 하고, 그녀 뒤를 따랐다.

딱히— 약속을 한 건 아니다.

그러나 어쩐지 모르게, 가면 그녀가 기다리고 있으리라고, 그렇게 생각했다.

"동료 여러분은, 아까 전에 와서, 벌써 돌아갔어요."

그것은 수도녀 쪽도 마찬가지였을지 모른다.

이쪽을 돌아보지도 않고 선도하는 그녀는, 사원의 안쪽, 사람이 없는 장소로 가고 있었다.

　온 도시가 축제 분위기다. 죽은 자를 애도하거나 치료를 하러 달려오는 자들은, 아직 그리 많지 않았다.

　"지하 4층…… 그 흉흉한 제단으로 통하는 길의, 봉인을 하고 싶다, 라더군요."

　—아아.

　여주교의 부탁이란, 그것이었군.

　벗이 잠든 장소이기도 하지만 동시에, 그 장소를 사악한 자가 이용하게 둘 수도 없으리라.

　깨뜨리려고 하는 자도 나타날 것이다. 반드시 막을 수 있는 것도 아니다. 그러나, 안 하는 것보다는 낫다.

　그런 것의 누적이, 당신들의 모험의 모든 것이었다.

　"그래서?"

　휑하고 조용한 사원 안에서, 그녀는 빙글 돌아 당신을 보았다.

　"—무슨 용건인가요?"

　차가운, 비꼬는 표정. 그 눈동자 안쪽에서 살짝 보이는, 무언가의 색.

　당신은 느긋하게 숨을 내쉬고, 별 거 아니다. 인사를 하러 온 것뿐이라고, 그녀에게 고했다.

　곧장, 그 얼음 같은 미모가, 활짝 피어났다.

　"기부를 하시는 건가요! 네, 그래요. 그거라면 환영해요."

　그래. 당신은 수긍하고, 돈주머니를 제단으로 던지며 말했다.

　—**정보료**를 내질 않았었으니까.

　"—."

우뚝. 수도녀의 움직임이, 멈추었다.

당신에게, 날카로운 시선이 박힌다. 당신은 그것을 받아내고, 마주보았다.

카랑카랑. 사원 위에서 풍차가 돌아가는 소리가 들린다. 바람이 불고 있었다.

"……하, 아……."

잠시, 지나서.

수도녀는 깊숙하게 숨을 내쉬더니, 그 두건을 벗고 은발을 삭삭 헝클어뜨렸다.

"들키지 않도록 잘 꾸미고 있었는데요. 정말이지, 눈치가 참 좋아요."

그것은 다소 누그러진, 이쪽을 칭찬하는 것 같은, 그러나 평소와 같은 그녀의 말이었다.

그러나 어쩐지 그 장난스런 외투에 가려진 미소와 겹쳐서, 당신은 문득 의문을 입에 담았다.

―어느 쪽이 본래 모습이지? 라고.

"신 앞에서 자신을 꾸미지는 않습니다."

무슨 말을 하는가 했더니. 수도녀는 흥 코웃음을 치고, 바보라도 된다는 것처럼 당신을 보았다.

"신탁을 받아, 눈여겨 볼만한 모험가에게, 자연스럽게 정보를 흘린다. 그런 일을 하는 겁니다."

신은― 천상의 신들은, 결코 사방세계에 사는 기도하는 자들의 자유의지를 가로막지 않는다.

© lack

모든 행동은 사람이 자기자신, 그 의지로 정하기에 의미가 있는 것이다.

그렇지만 그 행동을, 결단을 이끄는 것에는 정보가 필요하다.

그리고 사람의 몸으로는 도저히 알 수 없는 정보란 것도, 종종 있다.

세상의 위기가 닥쳐서— 그것을 전하지 못한다는 것을, 긍정하지 않는 신도 있었으리라.

융통성을 발휘하는, 교역신다운 헤아림이었다.

그렇지만— 하고, 수도녀가 어깨를 으쓱거렸다.

"당신들을, 꽤 의지한 것은 솔직히 맞아요. 너무 편들어준 걸지도 모르죠."

동시에 거래의 공정함을 존중하는 교역신의 신도로서는, 어떤 것일까?

반성해야겠어요. 자기 반성을 하는 수도녀는, 그 또래의 소녀다운 표정으로 웃었다.

그리고 그녀는 둥실 머리칼을 흔들면서, 깊숙이 당신에게 고개를 숙였다.

"감사합니다. 세상을 구해주셔서."

뭘. 당신은 답했다. 그저 단순히, 하고 싶은 일, 해야 할 일을 한 것에 지나지 않는다.

"그걸 알 수 있는 사람도, 좀처럼 없는 법이거든요."

수도녀는 그렇게 말하고, 살며시 고개를 들었다. 예배당의 창에서 들어오는 빛이 그녀를 채색했다.

교역신의 성녀인 처녀의 가호가 있었던 것이다. 과연, 질 리가 없지 않은가?

 당신의 말에 그녀는 기가 막힌다는 듯 숨을 내쉬고, 「그러고 보니」라고 중얼거렸다.

 "후학을 위해 묻습니다만, 언제 깨달은 건가요?"

 음. 당신은 고개를 끄덕였다.

 《리저렉션》의 의식 때 본 그 가슴이, 참으로 아름답고, 인상 깊었으니까.

 잘못 볼 리가 없는 것이다.

 "—."

 수도녀가 고개를 갸우뚱 하더니, 당신을 바라보았다.

 그리고 다음 순간, 새하얀 볼이 화악 빨갛게 물들고, 부끄러워 당황하는 것을, 당신은 처음으로 보았다.

 "이……이! 얼른 나가세요! 배교자 놈!!"

 향로가 재를 흩날리면서 날아오는 것을, 머리를 숙여서 피하며 당신은 달렸다.

 예배당을 빠져나가 사원 바깥, 내려가는 계단. 파란 하늘과 바람. 달리는 당신의 등뒤에, 편안한 웃음 소리.

 "언젠가 다시 만나요— 구경값을 받으러 갈 테니까, 기억해 두세요!"

§

 그렇게 당신은, 성채 도시에서 해야 할 일을 한 차례 마쳤다.

 짐을 챙겨, 만도를 허리에 차고, 과거하고는 반대 길을 따라, 대문으로 갔다.

길을 가며 평소와 같은 군장 차림의, 그 근위기사와 스쳐 지나갔다.

아무래도 그녀는, 또 미궁 앞 경비를 하게 된 모양이다.

"뭐, 당분간, 여기를 벗어날 수는 없겠어."

여동생이 들어가기 전에 말려주면 좋겠는데. 그녀는 웃었다.

글쎄, 어떨까? 당신은 애매하게 웃었다. 그 소녀는 어떻든지, 분명 모험가가 될 테니까.

"그럼 갈게, 리더 씨. —좋은 파티였다고 생각해."

그녀는 마지막에 그렇게 말하고 당신의 어깨를 두드리며 「벌써 와 있어」 하고 대문 쪽을 가리켰다.

과거에는 셋이서 통과한 그곳인데, 그러나 다섯 명의 동료가 모여서 당신을 기다리고 있었다.

"정마알, 늦었잖아?"

팔짱을 낀 여전사가, 당신의 모습을 보고 삐친 것처럼 입술을 삐죽거렸다.

당신은 미안하다고 사과하며 달려간다. 생각해보면 그녀의 여행복장이란 건 처음 본 것 같았다.

어디든지 있는 마을 처녀 같으면서— 그러나 이것이 그녀의, 본래 모습이었을 것이다.

손에 든 하드우드 창의 존재 또한, 그녀의 본질을 드러내는 것이겠지만.

"정말, 완전히 기다리다 지쳤어. 혼자서만 엄청 들떠있는걸."

"해냈대이!"

외친 것은 말할 것도 없이, 하프 엘프 척후였다.

들떴다는 말이 이렇게까지 어울리는 것도 드물다— 아니, 대체 뭐지?

어쩌면이 아니라, 미궁을 답파했을 때보다도 기뻐하는 것처럼 보이는데 어째서일까?

"헤헤헷. 이걸로 내도 홀애비가 아니게 되는 기라!!"

—어이쿠.

당신이 놀라서 무심코 말하자, 「그렇겠죠」 하고 여주교도 볼에 손을 대고 수줍어했다.

"주점의 여급에게 열심이셨다고 해서…….."

"아아, 그 수인 분이군요!"

경사스럽네요! 종누이가 말을 이었다.

그랬었군. 당신은 느긋하게 감탄했다.

생각해보면 미궁내외의 정보를, 언제나 그가 모아주었다.

그런 정보망의 하나가, 주점의 여급이었으리라.

당신은 그것을 순순히 경사스럽다고 수긍했다.

과실 서비스 같은 것도 안 받고 견실하게 교제한 것을, 이 하프 엘프 답다고도 생각했다.

"그렇다면, 은퇴하나?"

미르미돈 승려가 촉각을 흔들며 물어보자, 하프 엘프 척후는 「기는 아니고」하며 고개를 좌우로 흔들었다.

"쬐만 더 벌어 오라고 해가, 쫌더 모험가를 할 기다."

"그건 속은 거 아냐아?"

여전사가 키득키득 고양이처럼 놀리고, 하프 엘프 척후가 「어이쿠 야……!」하며 신음했다.

평소와 같은, 소란스럽고, 떠들썩한 대화.

그것이 이어지는 것은—고마운 일, 이기는 했지만.

"나는 어느 쪽이든 상관없다."

당신의 의문을 먼저 읽은 것처럼, 미르미돈 승려의 턱이 울렸다.

"고향에 돌아가 가르침을 널리 알려도 좋고, 아직 더 견문이란 것 을 넓혀도 좋겠지."

그렇다면. 당신은 그 듬직한 동료의 어깨를 통 두드리고 말했다. 같이 와주면 큰 도움이 된다.

"재미있다면, 거절할 이유는 없군."

"저도……."

여주교 또한, 가슴팍의 파란 장식끈을 꼬옥 쥐고 당신에게 말했다.

"……모두의 몫까지, 더욱, 더욱, 여러모로…… 하고 싶다고, 생 각하니까요."

그녀의 사명은, 세상을 구하는 영웅이 되고자 하는 것이었다.

그것을 이룩한 이상, 이미 그 몸을 얽매는 족쇄는 없다.

그럼에도 계속 걸어가고자 함은— 틀림없이 여주교의 의지로, 결 단한 것이리라.

당신이 그 뜻을 받아들이자, 그녀는 「네」 하고 입가에 웃음을 띠 며, 수긍했다.

자, 그렇게 되면— 문제는 이, 태평하고 맹하니 이쪽을 보고 있는 종누이다.

누나는 기뻐요 하고 싱글벙글하고 있는데, 자신의 상황을 이해하고는 있는 걸까?

이게 사방세계 제일의 마도 사용자, 세계를 건너는 자라니, 참으로 세상 말세다.

"그렇게 말을 해도, 누나는 아직 당신이 걱정되니까요?"

육촌 녀석. 당신의 말에, 그녀는 키득키득 웃으며 짧은 지팡이를 만지작거렸다.

"그리고 아직 사방세계에 대해 전혀 모르니까요. 《전이》는 훨씬 나중에 해도 돼요!"

그렇게 태평히 생각할 것도 아니겠지만, 그러나 종누이답다고 하면 종누이다운 결단이었다.

반면의 바깥으로 뛰쳐나가는 것을 비원으로 하는 세상의 마술사들이 들으면, 글쎄, 어찌 생각할지.

그러나 그러한 사람들이기에 도달하지 못하고, 종누이이기에 가능했으리라.

당신은 그것을 말하지는 않았다. 말을 하지 않아도, 전해지는 거라고도 생각했다.

정말이지, 이래서 **육촌**은 난처하다…….

그렇게 투덜거리면서 돌린 시선이, 여전사의 보라색 눈동자와 마주쳤다.

그녀는 우아하게 머리칼을 쓸어 올리며, 당신을 향해 여전히 입술을 삐죽거렸다.

"말해야 돼?"

아니. 당신은 고개를 옆으로 저었다. 말하고 싶은 기분이다, 라고.

—따라와주면 좋겠다.

그저 한 마디.

그저 한 마디로, 여전사는 눈을 깜박이고 볼이 풀어졌다.

"……응."

그렇게, 다시 여섯 명의 모험가가, 모였다.

당신은, 당신들은, 천천히 대문을 통과해, 성채도시를 떠났다.

가는 길에는 광대한 사방세계가 펼쳐지고 있었다.

그 앞에서 당신은 문득 생각하는 바가 있었다.

—과연, 그것은 오의라고 부를만한 것이었을까?

아니, 당신은 웃고서 고개를 옆으로 저었다. 그렇게 느껴버리는 것이야말로 자신의 미숙함이라고 생각했다.

온갖 무예자는, 검극 안에서 한 순간 엿보게 되는 번뜩임을 붙잡아 술리로 연마한다.

그렇다면.

그 기술은 비검이 아님이니.

그것은 비검(秘劍)에 이르기까지의 여정(디스턴스)에 지나지 않는다.

당신은 이제부터, 불을 뿜는 산으로 가도 되고, 운명의 숲으로 가도 상관없다.

《죽음의 미궁》에서 모험을 마친 지금, 당신 앞에는 새로운, 수많은 모험이 기다린다.

이것은 33에 이르는 전투와 모험(파이팅 판타지) 중에서, 최초의 하나다.

그리고 60을 넘어서도 이어지는, 당신이 영웅이 되는 이야기의(Un live don't vous etes le heros),

고작 하나에 지나지 않는다.

　작별이다! 그대의 다음 모험이 가슴 뛰는 것이기를!

　그것을 진심으로 바라며, 나는 당신에게 이 말을 보낸다.

　—자, 페이지를 넘겨보게나!

© lack

© lack

안녕하세요? 카규 쿠모입니다!

『악명의 태도』 하권, 재미 있으셨나요?

한껏 열심히 쓴 것이니, 재미있으셨다면 다행이겠습니다.

생각해보면 멀리도, 와 있습니다.

토성씨의 커피를 마시지 않아도 그렇게 생각해 버리는 것은 어째서일까요?

작가로서, 처음으로 명확한 최종권이란 것에 도달해버린 탓일까요?

아니면 이 이야기의 시작이, 2014년까지 거슬러 올라가기 때문일까요?

그래요. 『악명의 태도』는 처음에, 웹에서 제가 좋을 대로 쓰고 있던 이야기였습니다.

그렇지만 갖가지 사정이나 이것저것 때문에, 5년 정도 중단되어 버렸습니다.

그것이 소설로서 새삼 재출발하여, 완결까지 그 뒤로 3년…….

그 3년 동안에도 쓰기도 하고, 도중에 다른 작품 우선이라고 해서 중단하고, 다시 재개하고…….

여기까지 8년, 걸렸습니다. 그동안에, 저는 작가가 되어있었습니다.

생각해보면 멀리도, 와 있구나.

어쨌거나, 그런 경위가 있어서, 본래의 이야기하고는 이것저것 변한 부분도 있습니다.

그럴 것이, 본래 이야기는 주사위를 굴려 전개를 정하고 있었습니다.

예상 밖의 사람이 죽거나, 어째서인지 하염없이 슬라임을 만나거나, 까딱해서 죽을뻔하거나.

제가 상상도 못할 전개를 주사위가 이끌어 주었습니다.

중단한 것은, 그래요. 「당신」 앞에 여주교(비숍)의 옛 파티가 나타나, 대결하는 부분.

그렇지만 재개를 하고자 했을 때, 여기서부터는 혼자서 어떻게든 해야 합니다.

어떡한다—라고 생각하면서, 그래도 있는 힘껏, 이렇게 쓰려고 했던 이야기를 썼습니다.

어쩌면 변해버리기 전의 이야기를 좋아한다, 라는 분도 계실 겁니다.

그러나 부디, 극장판과 특별판처럼, 본작도 즐겨주시면 좋겠다고 생각합니다.

저 자신도, 극장판 숲의 나무 그늘에서 우당탕쿵탕하며 대단원으로 향하는 건 깔끔하고 아주 좋아합니다.

그렇지만 특별판에선 보바 펫의 등장이 늘어나니까, 대단히 기뻐하며 보고 있습니다.

그런 겁니다. 아마도.

본작은「당신」그러니까「그대」가 주인공이 되는, 영웅이 되는 이야기입니다.

이것은 제가 길을 벗어나는 계기가 된『소서리』라는 작품을 본받은 겁니다.

손에 넣은 자를 위대한 왕으로 만드는 마법의〈관〉. 그것을 대마왕에게 빼앗겨 버렸다.

대마왕의 거성은 괴물이 도량발호하는 광야 너머, 도저히 군세를 보낼 수는 없다.

따라서, 모험가—「당신」이,「그대」가 나설 차례입니다.

도적이 배회하는 언덕을 넘어, 수상쩍은 성채도시를 답파하고, 대마왕의 자객인 커다란 뱀을 해치우고…….

그러한 모험의 여로에, 어린 시절의 자신은 아주 흥분했습니다.

뭐, 2권을 입수할 수 있었던 것이, 상당히 나중이 되어 버렸습니다만!

『소서리』에는 같은 세계의(아닌 작품도 많습니다만), 게임북이 있습니다.

그 무수한 이야기, 수많은 모험도, 제가 길을 벗어나는데 커다란 요인이 되었습니다.

그야말로『소서리』는, 저에게, 적동색 표지의 책이었습니다.

그 밖에도『위저드리』라는 작품이, 본작의 커다란 모티프 중 하나가 되어 있습니다.

하염없이 이어지는 끝없는 미궁을, 무명의 모험가인「나」와 동료들이 공략해간다.

　어떤 동료를 모아, 어떤 모험을 펼칠 것인가는, 모두「나」에 달렸다.

　재투성이가 되면서도 한 걸음씩 디디며 안으로 나아가는, 자신만의 이야기.

　그리고 수많은 모험가들의, 제각각의 이야기. 이것저것 모두 재미있고, 즐거웠습니다.

　또한, 잊어선 안 됩니다.『로도스도 전설』.

『고블린 슬레이어』라는 이야기의 외전은, 달리「이어 원」이라는 작품이 있습니다.

　이것은 주인공의 과거 이야기입니다. 그렇다면, 그것은「이어 원」일 거라고 정했습니다.

　그리고 또 한 가지, 무대가 되는 세계의 과거 이야기. 마신왕과의 싸움은 무슨 일이 일어났던가.

　그렇다면 그것은『전기』에 대한『전설』일 것이라고, 저는 생각했습니다.

　여섯 영웅의 이야기를 해야 할 거라고, 생각했습니다.

　이런 경위로, 자신이 건드려온 수많은 작품에서,『악명의 태도』가 태어났습니다.

　생각해보면 멀리, 와버렸군.

　여기까지 오는 길은, 도저히 혼자서는 오지 못했을 것입니다.

8년이나 전의 웹판부터, 본작을 즐기고, 응원해주신 독자 여러분.

이 이야기를 재미있다고 생각하여, 정리해주신 정리 사이트 관리인 님.

이 이야기를 세상에 내놓는 것을 도와준, GA문고 편집부 여러분.

이 이야기에 연관되어주신, 유통과 선전이나 판매, 그밖에 수많은 여러분.

멋진 삽화를 그려주신 lack 선생님.

코미컬라이즈를 담당해주신 미나쿠치 타카시 선생님, 아오키 쇼고 선생님.

여러모로 이야기를 들어준 친구, 함께 놀아준 친구, 언제나 고마워.

함께 8년이나 모험을 해준, 다섯 명의 동료들.

그리고, 「당신」.

이 책을 손에 집어, 모험을 하고, 사방세계를 구해준 「당신」, 「그대」.

당신 덕분입니다.

정말로, 감사합니다.

그리고, 축하합니다.

이 이야기 뒤에도, 당신은 분명, 계속 모험을 하겠죠.

그것은 게임일지도 모르고, TRPG, 혹은 게임북일지도 모릅니다.

우선 저는, 결투자가 되거나, 왕이 되거나 할 셈입니다.

그렇지만 아무래도 그다지 여유가 없을 것 같아서, 아직 더 여러 가지를 적어야 합니다.

이것 그것 저것, 이야기할 수 있거나 못하거나 하는 안건이 잔뜩 있습니다.

　고마운 일입니다. 물장구를 치고 있는 기분도 듭니다. 그렇지만,
열심히 했습니다.

　그러니, 당신의 모험 도중에, 어디선가 만나게 되는 일도 있겠죠.

　그 모험이, 어쩐지 가슴이 뛰는 것이기를 바랍니다.

　만약 그렇다면, 그것은 저에게, 더 바랄 것 없는 기쁨입니다.

　그럼 다음에 또 봐요.

■역자후기

안녕하세요? 불초 역자 돌아왔습니다.
본작에서는 참 오랜만에 뵙습니다.

사실 역자는 그렇게 안녕하지 못합니다. 흑흑흑.
작중의 주인공 파티가 던전을 공략하듯이, 역자도 던전에 도전하고 있습니다. 아마 다들 아실 그 3대 던전 중 하나입니다. 2077년에 새로운 거리가 생겨서 뒤늦게나마 가려고 했는데 묘하게 쫓겨나더란 말이죠. 생각해 보면 장비가 좀 오래되긴 했습니다. 그래도 다른 여행을 떠나는 데는 별 문제가 없었습니다만.
어느 날부터 멍하니 창밖을 보고 있기만 해도 갑자기 그냥 뻗어버리는 문제가 생기지 뭡니까. 허허허허.
그래서 역자는 몇몇 장비를 새로 구입하여 교체하기도 하고 예비로 쟁여놨던 장비를 다시 꺼내기도 하여 일단 어느 정도 해결을 했습니다만.
이번엔 또 여행을 떠났다가 문제가 생기거나 쫓겨나는 일이 종종 일어나지 않겠습니까?
그나마 창문 10개를 깔끔하게 닦아내거나, 하는 김에 하나 더 뚫어서 11개로 깔끔하게 공사를 하면 해결될 문제 같기는 합니다만.

아무래도 장비가 좀 오래되긴 했으니까요. 가능하면 하는 김에 갸루의 팬트……가 아니라 프레임을 올려주세요! 라는 소원을 빌고 싶어지는 것이 인지상정.

그런데 다른 건 다 괜찮은데, 7성구가 문제였습니다. 다들 아시다시피 여행을 떠날 거라면 가장 중요한 장비가 아니겠습니까? 아무래도 역자가 유복한 편은 아니라 9성구 같은 건 좀 그렇고. 50번째든 90번째든 어쨌거나 7성구를 찾아야 하는데요.

그놈의 드래곤 마운틴! 드랍률 망했어요! 150마리가 말이 됩니까!

역자는 그나마 좀 드랍률 높은 90번째를 노려보고 있습니다만, 그것조차도 가뿐하게 130마리. 말이 안 됩니다. 90마리대에서 나와야 할 것이 130마리라니 이게 말이 되냐고ㅇㅇㅇㅇㅇㅇ.

헉헉헉.

역자는 드래곤 마운틴 공략을 위해서 인내를 가지고 잠복을 하고 있습니다만.

이놈의 드래곤 마운틴은 마가 끼었는지 여기 터를 잡으면 이상한 놈들이 나오는 것이 아닌가 의심스럽다니까요. 하나둘셋하고 멧돼지가 튀어나오기도 하고요.

그리고 머나먼 이국에도 드래곤 마운틴 같은 곳은 있는지 화성인이랑 이상한 빨간 모자랑 손잡고 날뛰고 있어요.

환율아. 너 언제부터 코인이었냐.

난 그저 갸루의 팬……이 아니라 프레임을 올리고 싶을 뿐인데!

흑흑흑. 역자는 슬픕니다. 내적으로는 난리에다 외적으로도 우환이 참 많아요.

　그나마 희망적인 것은, 천천히 천천히. 드랍률이 제자리를 찾아가고 있다는 겁니다. 드래곤 마운틴의 몹들이 격렬하게 저항하여 속도가 느리긴 하지만요.

　결국 던전은 언젠가 정복되는 법입니다. 그날을 기다리며 역자는 한동안 계속 잠복할 생각입니다. 때가 오면 잘 갈고 닦은 표창을 던져서 7성구를 손에 넣고자 합니다. 그리 머지 않았어요.

　불초 역자 물러갑니다. 또 다른 책에서, 가능하면 7성구를 손에 넣어 다시 만나요!

고블린 슬레이어 외전 2 악명의 태도 下

초판 1쇄 발행 2025년 6월 20일

지은이_ Kumo Kagyu
일러스트_ lack
옮긴이_ 박경용

발행인_ 최원영
본부장_ 장혜경
편집장_ 김승신
편집진행_ 권세라 · 최혁수 · 김경민 · 최정민
편집디자인_ 양우연
국제업무_ 박진해 · 조은지 · 남궁명일
관리 · 영업_ 김민원 · 조은걸

펴낸곳_ (주)디앤씨미디어
등록_ 2002년 4월 25일 제20-260호
주소_ 서울특별시 구로구 디지털로32길 30 코오롱디지털타워빌란트 1301-1308호
전화_ 02-333-2513(대표)
팩시밀리_ 02-333-2514
이메일_ lnovellove@naver.com
L노벨 공식 카페_ http://cafe.naver.com/lnovel11

GOBLIN SLAYER GAIDEN 2: DAI KATANA GE
Copyright © 2022 Kumo Kagyu
Illustrations copyright © 2022 lack
All rights reserved.
Original Japanese edition published in 2022 by SB Creative Corp.

This Korean edition is published by arrangement with SB Creative Corp., Tokyo
in care of Tuttle-Mori Agency, Inc., Tokyo.

ISBN 979-11-278-8235-8 04830
ISBN 979-11-278-5578-9 (세트)

값 11,000원

고블린 슬레이어 외전: 이어 원 1~3권

카규 쿠모 지음 | 아다치 신고 일러스트 | 칸나츠키 노보루 캐릭터 원안 | 박경용 옮김

누나가 누나가 아니게 된지 사흘이 지났다. 그래서 그는 움직이기로 했다.
고블린의 습격으로 가장 사랑하는 누나와 마을을 잃은 소년이 있었다.
5년 뒤, 변경 도시의 모험가 길드를 찾아온 소년은 모험가가 된다.
그리고 5년 전, 돌아갈 마을을 잃은 소녀는 과거의 소꿉친구와 만났다.
최하급 클래스, 백자 등급이 된 소년은 장비를 갖추고,
오로지 혼자서 고블린이 둥지를 튼 동굴로 간다―.
이것은, 그가 고블린 슬레이어라고 불리게 되는 이야기.

대인기 다크 판타지 「고블린 슬레이어」의 전일담.
카규 쿠모 × 아다치 신고가 선사하는 외전 「이어 원」 스타트!

블레이드&바스타드 1~4권

카규 쿠모 지음 | so-bin 일러스트 | 김성래 옮김

아무도 공략한 적 없는 《미궁》 깊은 곳에서 발견된

존재하지 않아야 하는 모험가의 시체—.

소생했지만 기억을 잃어버린 남자 이알마스는 단독으로 《미궁》에 진입해서

모험가의 시체를 회수하는 나날을 보내고 있었다.

《소생》이 성공하든 실패해서 재가 되든 개의치 않고

대가를 요구하는 모습을 멸시하면서도 실력은 인정해주는 모험가들.

이처럼 재투성이로 살아가는 이알마스의 일상은

괴멸된 모험가 파티의 유일한 생존자,

「잔반」이라고 불리는 소녀 검사와의 만남을 계기로 변화를 맞이한다!

카규 쿠모와 so-bin이 선보이는 다크 판타지, 등장!!

라이트노벨의 새로운 빛! L북스의 신간은 매월 20일에 발매됩니다. http://cafe.naver.com/lnovel11